Para realizar pedidos de este libro, contacte con:
Palibrio LLC
1663 Liberty Drive
Suite 200
Bloomington, IN 47403
Gratis desde EE. UU. al 877.407.5847
Gratis desde México al 01.800.288.2243
Gratis desde España al 900.866.949
Desde otro país al +1.812.671.9757
Fax: 01.812.355.1576
ventas@palibrio.com
618291

De Alebrijes, Nahuales y otros encuentros

Juan Manuel Rodríguez Hurtado

INTRODUCCIÓN

No hay nacionalidad para la fantasía, ni país que pueda reclamar las moralejas de las historias que se cuentan. Si bien se puede hablar de cuentos tradicionales, hay mil y un formas de dar a entender una lección importante a los niños… o los adultos. Los cuentos son pequeñas formas de compartir sabiduría popular, ya sea que el cuento busque compartir un consejo, una reflexión o una curiosa lección acerca de la vida, el cuento siempre va a buscar entretener, divertir y mantener en alto los sueños, porque son los sueños los que guían la dirección de la vida.

Se dice que los alebrijes llegaron en un sueño, se cuenta que las hadas habitaban entre el sueño y el despertar, cualquiera que sea el mundo que la fantasía habite, es un hecho que guía nuestras acciones, pues todos vamos tras de un sueño, todos vamos tras de la fantasía de ser felices y no es para menos, es la fantasía y el placer de soñar lo que vuelve a la vida algo hermoso, sin los sueños para guiarnos o la fantasía para alentarnos, este mundo sería gris, frio, y seguro seria aburrido.

En los sueños yace la aventura de la vida, en la fantasía el deseo de ir a buscar algo nuevo y distinto que colore nuestras vidas, los alebrijes son de mil colores y están hechos de mil sueños, sin duda alguna son la criatura mejor diseñada para la fantasía de soñar despierto.

Se dice que los nahuales, antes que guerreros o cazadores, eran maestros, no es raro que de las leyendas mayas, aztecas y otomíes, la constante más interesante es que los nahuales siempre contaban una historia, un cuento y luego cumplían su deber cualquiera que este fuera, los nahuales podían transformarse en cualquier animal… que más fantástico que volar como el águila, o nadar como el delfín, los nahuales eran los exploradores de lo fantástico, pero cuando leemos cuentos, todos nos volvemos exploradores de lo fantástico, así que sin más preámbulo, hermanos nahuales, exploremos la fantasía y los sueños de los cuentos a continuación, veamos desde los ojos del águila las historias que se desenvuelven frente a nosotros con las lecciones que tratan de enseñarnos, porque es momento de aprender a volar de nuevo, como cuando niños, los invito a volar conmigo.

PRIMER CUENTO
PARA LA LIBERTAD: **LA PRINCESA Y EL NAHUAL**

Hubo alguna vez, en un reino ya olvidado, una historia que iniciaba en un día como cualquiera. Un hermoso amanecer, que se levantaba sobre este nuevo día, sobre aquella ciudad de piedra y barro, sobre aquella ciudad de pirámides, templos y guerreros; todos envueltos en la belleza de la más espesa jungla, al cuidado de su clima; algo traicionero, algo benévolo pero siempre cálido.

Esa cálida mañana, un llanto rompió el silencio de aquel palacio con cara de pirámide, perteneciente a aquel rey cuyos súbditos llamaban Tlatoani y cuyo nombre era Omecoyotl ("los dos lobos"). Que llanto tan fuerte se escuchó y en que prisa el Tlatoani con sus súbditos corrieron, usando su enorme penacho; reluciente de colores; a la sala de partos entro, y a la más pequeña y hermosa criatura el Tlatoani admiro, en los brazos de su reina: Xochiquetzalli ("la flor más bella"), a su primogénita, su pequeña princesa, su joya más bella y el motivo por el que su corazón saltaba de alegría y saltaría por el resto de su vida, fue como si una certera flecha hubiera atravesado su corazón y sin embargo le dejara el corazón intacto y el Tlatoani, tomando a la diminuta criatura en sus brazos susurro el nombre que la princesa llevaría -Miyolotl- "la flecha del corazón" fue su nombre y que acertado sin lugar a dudas fue.

Varios años pasaron y la pequeña princesa creció, dentro de los muros y jardines de su hermoso palacio se le educo, pero la tragedia siempre acecho. Cuando la pequeña Miyolotl cumplió seis años su madre Xochiquetzalli cayó enferma y tras el paso de los meses por fin murió; agobiado por la pérdida de su hermosa reina, Omecoyotl juro que Miyolotl siempre estaría protegida y nada jamás le faltaría y así la princesa creció, siempre dentro del palacio, siempre en el vigilante ojo del Tlatoani pero siempre ignorando las maravillas de la jungla que les rodeaba y mucho más de las maravillas del mundo que habitaban.

Los años pasaron y pasaron, hasta que la princesa alcanzo, aquella complicada edad en que las preguntas abundan y las dudas pesan. Más que nunca el imperio requería de la atención del Tlatoani y más que nunca el Tlatoani deseaba prestarle más atención a su hija. Así pues, la princesa se pasaba los días en el hermoso y extenso jardín que su padre le había construido, un lugar a donde nadie jamás llegaría, ni los guardias tenían permitido el paso y el pueblo admiraba como la maravilla de sus arquitectos, pues este jardín colgaba al centro de cuatro templos suspendido sobre la ciudad conectado solo por estrecho puente al palacio, sobre el mercado y los artistas se extendía la desafiante construcción… y sin embargo, tan alejado de ellos y de toda su gente.

Y fue un día como cualquier otro, una lluviosa mañana de Mayo, en que la princesa con su hermosa piel canela y su discreto penacho admiraba su jardín, sentada miraba la lluvia caer sobre de las coloridas flores y ella se perdía soñando con el mundo más allá del palacio pero los gigantescos muros de arbustos, árboles y hiedra cubrían su visión; a veces soñaba que se volvía un ave y volaba lejos de la guardia, lejos de aquel alucinante jardín, pero siempre despertaba frete al muro de hiedra por encima del cual solo el sol y las montañas se levantan para dejarse ver. Y ahí perdida en sus pensamientos, mirando el asombroso naranja con que se teñía el cielo, un matiz tan delicado como la seda al combinar, la caída de la lluvia con la salida del sol, y la princesa se soñaba volando sobre las montañas de nuevo, atravesando la jungla y sintiendo la tierna brisa del mar de la que mensajeros, sirvientes… y su madre tanto hablaban; un viento cálido y gentil que se vuelve fresco frente al sol de la tarde y te permite perderte en él; entonces, como una señal del cielo, las aves del jardín comenzaron a revolotear y volar como si trataran de escapar de algo, y mientras la princesa miraba a un lado y al otro en el alboroto, un águila cayo a sus pies, herida y agotada la pobre y orgullosa ave se intentaba levantar pero era inútil, su ala y una de sus patas permanecían rotas, la princesa se acercó tratando de ayudarla pero pronto el águila lanzo su pico hacia la mano de la princesa provocándole una herida, a los pocos segundos el águila se quedó inmóvil y cerrando sus ojos parecía descansar "¿qué le paso? ¿Podré ayudarla?" se preguntaba la princesa envolviendo a la orgullosa ave en su capa con el cuidado y cariño de una madre por su bebe, sin prestar atención a la herida de su mano se llevó al ave a sus aposentos mientras le susurraba con cariño "vas a estar bien" "vivirás para volar lejos". Pasaron dos días y el águila despertó para encontrarse dentro de una jaula que estaba dentro de un jardín, que estaba dentro de un reino… que no conocía, el águila miraba arriba, miraba abajo, miraba a un lado y al otro, tratando de entender su situación y por fin mirando las curiosas vendas en su ala y en su pata pareció entender que estaba en deuda con alguien," ¿pero en deuda con quién?" se preguntaba aquella águila dentro de aquella jaula, que estaba dentro de aquel jardín. A las pocas horas que el águila había despertado llego la hermosa princesa sosteniendo una jarra con agua, el águila; desconfiada; se alejó todo lo que pudo de la pequeña puerta pero fue el gentil rostro de la princesa el que hipnotizo al águila para comenzar a beber sin miedo y dejarse acariciar.

La princesa cuido del águila como cuidaría de un hijo y a los pocos días de cuidar de ella, la princesa empezó a hablar con el águila sin esperar que esta le respondiera "si yo pudiera volar, volaría a las montañas, volaría a ver los mares, volaría lejos y alto solo para sentirme libre" le decía la hermosa princesa y cuando los días se convirtieron en meses la princesa inclusive cantaba y bailaba para el orgulloso animal "las aventuras que tendría si tan solo pudiera volar" le cantaba al ritmo de sus pasos. Por fin un día, cuando los meses se juntaron en un sólido año, la princesa saco de su jaula a la hermosa y galante águila y mirando como su ala y su pata habían sanado, la princesa la libero diciéndole "vuela, vuela lejos y si es que me recuerdas, algún día, regresa para contarme de tus viajes" y el águila voló y voló alto, tan alto voló aquel día que el muro hecho de hierbas y árboles y demás, quedo en ridículo. Y el águila voló con dirección a las montañas, con dirección a los mares, con dirección a todo aquello que la princesa le conto que deseaba ver y la princesa le perdió de vista cuando el galante animal paso el horizonte.

Los años pasaron y pasaron y el águila no volvió, la princesa era una mujer ahora, una mujer que dentro de unos meses se casaría con un general de gran renombre a pedido de su padre. Y se paseaba la princesa pensando en todo aquello que no había hecho y tantos deseos tenia, era una lluviosa mañana en su jardín, cuando un sonido entre las hierbas capto su atención, se acercó y entonces de entre las hierbas escucho una voz "no te acerques más, es peligroso" la princesa dio un salto y cayo atónita "¿pero qué está pasando aquí?" pensó la princesa, sabiendo que del otro lado de esa hierba, solo había una terrible caída "¿no me recuerdas?" le preguntó aquella voz y de entre las espinas un ala se dejó ver, ¡la princesa no lo podía creer! "¡no es posible!" pensaba mientras tocaba el galante plumaje pero antes de poder caer en cuenta el ala se fue y la voz regreso "he regresado para pagar mi deuda" le dijo aquella voz y la princesa sonrió como no había sonreído desde que aquella águila había caído en su jardín hace ya años atrás, la voz entonces le conto de la majestuosidad de las montañas, de la belleza oculta de las junglas, de la bendición que es la brisa del mar, de los valles y praderas, le hablo y le hablo por días, siempre a la misma hora y siempre a través de la hierba.

Al irse acercando la fecha de la boda, El Tlatoani noto el cambio en el humor de su hija, pero temiendo que de algún modo algún espía pudiera estar buscando extraerle información, temiendo siempre lo peor, mando a una escolta con ella a los jardines y por primera vez la princesa tenia compañía en aquel jardín, solo no la que ella quería, ese día no hubo historias de montañas o valles ni alas a través de la maleza. La noche de aquel día cayo y en sus aposentos la princesa deprimida sollozaba "¿Dónde estás?" y con esas palabras un aleteo en su ventana se escuchó, "que sea él" pensó la princesa pero antes de lograr voltear, aquella tierna y gentil voz se escuchó como si estuviera a su lado "no voltees y cierra tus ojos" le dijo la voz y la joven princesa con una sonrisa obedeció, confiaba plenamente en esta voz que tan amablemente le había contado de sus viajes, entonces, algo le sujeto tiernamente el hombro, pero no era un ala o una garra… sino una mano. La princesa estaba desesperada por abrir sus ojos pero temía que si los abría, esta persona se iría para siempre, esta misteriosa entidad a la que ella se sentía atraída. Entonces este ente le sentó en su cama, jalando una silla se sentó frente a ella y su gentil voz se dejó escuchar "mi nombre es Cuautepochtli, ¿sabe porque he venido a verle esta noche, Su alteza?" le pregunto a la princesa que moría por abrir sus ojos "¿para terminar de contarme tus historias?... ¿Y luego irte para siempre?" le pregunto la princesa pero aquella voz joven y vigorosa se rio fuerte sin restricciones "¡no!" contesto con fuerza "te conté las historias porque fue tu petición, pero he venido a pagar una deuda" dijo aquella voz mientras cerca de la puerta los acelerados pasos de los guardias se escuchaban "mañana… en el día de tu boda, repite las palabras que me dijiste cuando por fin recuperado, me liberaste, agregando mi nombre al final" le dijo la voz y la puerta se abrió de par en par con los guardias apuntando sus lanzas a la ventana, buscando desesperadamente un enemigo, pero en el cuarto solo estaba la princesa sentada en su cama, con los ojos cerrados y en la distancia, un águila se escuchó, volando dentro de la infinita noche.

El regodeo de la boda se escuchaba por toda la jungla "¡la princesa Miyolotl se casa!" gritaba el pueblo en regocijo y jubilo, pero para la princesa parecía un entierro "si dejo a mi pueblo, los enemigos del reino podrían verlo como debilidad y atacar, pero si me quedo y me caso… seré yo quien sufra el resto de mis días" pensaba y pensaba la princesa, se preocupaba y se preocupaba mientras la preparaban para la ceremonia, pensaba y pensaba y pensaba y cuando se dio cuenta, estaba en el altar recibiendo la bendición de su padre, pero antes de que todo estuviera sellado, una frase la sacudió y le estremeció "unas palabras para la ocasión, Miyolotl" dijo su padre en aquel jardín suspendido en el aire y la princesa Miyolotl, solo pudo pensar en una frase, y con lágrimas en los ojos y una sonrisa en los labios dijo "vuela, vuela lejos… y si es que me recuerdas, algún día, regresa para contarme de tus viajes, Cuautepochtli", el silencio tomo el lugar del festejo, su padre, el general con el que se estaba por casar y los invitados trataban de entender lo que la princesa había dicho cuando repentinamente, el cielo se nublo y la gente miro con terror aquellas nubes de tormenta, fue entonces que en un glorioso y aterrador rayo justo en el altar… la tierra se estremeció junto con los guerreros que miraban en total incredulidad lo que aquel rayo había dejado; un hombre, un singular y joven hombre, fue lo que se levantó tras el rayo; vistiendo un penacho tan enorme como el del tlatoani, una armadura dorada y mirando con desdén a todos los invitados… sonrió, entonces entre los estruendos de los relámpagos una voz profunda se escuchó por todo el reino "he venido porque te he recordado, te contado mis viajes como acordado, pero por la ayuda que me prestaste, aún estoy en deuda, enuncia lo que tu corazón desea, que por mi honor lo cumpliré " dijo aquel hombre y un grito entre el pueblo soltó el terror "¡UN NAHUAL!" los invitados corrieron despavoridos, pero no el general, ni mucho menos el Tlatoani, que desenfundando sus armas se interpusieron entre aquel nahual y la princesa.

Los dos hombres miraban a los invitados salir corriendo y gritando, pero ninguno de ellos entregaría a la princesa sin dar pelea, pero la princesa con calma sencillamente enuncio su petición "quiero volar libre y que mi reino no sufra por ello" el nahual miro en silencio a la princesa y a los hombres que le protegían, entonces sonrió con total calma, soplo, soplo y soplo con fuerza, y de su aliento se formó una nube, una nube blanca como la nieve y ligera como el viento, paso alrededor de los dos sorprendidos hombres, que intentaron detenerla, pero sus armas eran inútiles, la nube los paso de largo hasta llegar a la princesa, y entonces la princesa desapareció dentro de la nube, los dos hombres desesperados buscaron dentro de la nube pero entonces la nube se dispersó y la princesa ya no estaba, de ella solo quedaron sus ropas y el silencio de nuevo invadió el lugar, el Tlatoani temblaba con furia, el general molía sus propios dientes en impotencia y en el aire se podía oler la ira y furia de aquellos hombres. Entonces, de las ropas de la princesa; un pequeño colibrí salió, un colorido y alegre colibrí, revoloteando alrededor del Tlatoani con entusiasmo, pasando al lado del general y prontamente alrededor de Cuautepochtli que le miro con enorme cariño "Cuando algo tan bello, se le trata de encarcelar, aun cuando es para proteger, lo natural es que finalmente encuentre su camino a la libertad, no seáis sordos al deseo de libertad pues no hay en este mundo deseo más fuerte" dijo el nahual mandando al colibrí lejos, en dirección de las montañas, de los mares, de la jungla, de los valles y praderas… en dirección a la libertad que tanto había anhelado.

Para terminar de cumplir el deseo de la princesa Cuautepochtli se quedó junto al Tlatoani como su guardia personal, protegiendo aquel reino en que ahora había anclado su corazón, el general que se casaría con la princesa encontró el amor en una joven que cultivaba flores en chinampa, jamás fue más feliz.

Los jardines se mantuvieron sobre la ciudad y se mantuvieron en perfecto estado, solo que ahora la gente podía pasar a verlos, el pueblo de aquel reino se fascino con la obra maestra de sus arquitectos. Los rayos aun caen en ese reino, la lluvia, la guerra, el hambre… pero también es cierto, que los colibríes siguen volando sobre los jardines, que siguen floreciendo, bajo todas las tormentas, la leyenda cuenta, que es la princesa guiando a cientos de nahuales a conocer aquel su reino, que en tiempo de paz era hermoso y en tiempos de guerra; firme, noble y libre, como los colibríes del medio día.

SEGUNDO CUENTO
PARA LA AMISTAD: SEBASTIÁN Y BOB

Érase una vez, en un reino desbalijado por la guerra y no cualquier guerra, oh no, para esta gente no había guerra sin magia o sin maquinas. Los mecánicos artesanales del rey habían años atrás desarrollado enormes entes metálicos; guerreros invencibles según esos arrogantes hombres; los nombraron: "los hirvientes", en alusión a que aquellas enormes maquinas funcionaban usando agua que hervían al punto en que su coraza metálica se coloreaba en rojo vivo; "estos "hirvientes" pelearían en lugar de los hombres, asegurando la victoria del reino" le decían sus mecánicos al rey, que emocionado mando a su ejército de "hirvientes", y así iniciaron su guerra. Tuercas de acero, tubos de acero, clavijas de hierro, ojos de vidrio, cables de cobre, todo dentro de una fuerte e intimidante armadura de hierro, tan alta que cualquier hombre se encontraría superado entre dos y tres veces su tamaño (dependiendo de la altura del hombre) y solo un ingrediente además del agua hirviendo movía al asombroso ente; un propósito. Los mecánicos artesanales habían desarrollado un método para que el intimidante armatoste se moviera a sus deseos, le daban un propósito, sin propósito el hirviente no era más que chatarra puesta junta con agua hirviendo corriendo por su tubería con la capacidad de moverse… pero sin motivo para hacerlo, el hirviente no se movería. Los años de guerra pasaron y aquel reino se vio derrotado, al final, el "propósito" de los hirvientes decaía demasiado rápido, ocasionando que se apagaran, terminaran sus funciones y dejaran el campo de batalla desprotegido. Permitiendo que los enemigos del reino invadieran y triunfaran al final, la última orden del rey antes de que la guerra desbalijara a su país, fue que ejecutaran a sus mecánicos artesanales, que ni uno quedara y que con ellos se fuera el secreto de la más humillante derrota para ese reino. Y así, la reconstrucción de aquel país comenzó, al paso de los años llegaron los trenes, los hangares, las bodegas, la industria y la economía se empezó lentamente a levantar.

Un día como cualquier otro en la estación de trenes, un viejo le hablaba a un joven de sus nuevos deberes, "las escobas aquí", le decía "los trapeadores acá", continuaba, hasta llegar a una bodega tan grande e imponente que el joven la miro como se mira una vieja artesanía; de lejos y con cierto miedo a que se destruya repentinamente; "aquí va la chatarra" decía el viejo abriendo una portezuela y arrojando una bolsa llena de metales oxidados, mientras, el joven miraba su nuevo deber pero su atención fue captada por la enorme bodega más que por su deber "¿Por qué no entramos?" preguntaba el joven y el viejo lo miro confundido "pues porque nadie nos ha pedido que entremos, tonto" decía el viejo caminando lejos de la bodega, oohh pero el joven era curioso, el joven era revoltoso pero ante todo el joven… era joven.

Al paso de las semanas, el viejo ya confiaba en que el joven ya sabía hacer su trabajo y por tanto, le dejaba ir y venir a su antojo por las vías y las bodegas, pero eso era justo lo que el joven llevaba esperando, así que una noche de invierno durante una nevaba, el joven se escabullo dentro de la vieja bodega, usando la misma diminuta portezuela por donde arrojaban la chatarra, que sorpresa se llevó el joven, al ver las montañas y montañas de chatarra, de metal oxidado y piezas inservibles, el joven camino y camino sobre aquellas montañas de basura oxidada hasta que el joven se topó con algo que jamás había visto, lo que parecía ser un brazo metálico gigante, sorprendido el joven toco el frio metal, pronto descubrió como el brazo continuaba hasta un cuerpo y del cuerpo salían piernas y al tope del armatoste de acero, una cabeza con un par de ojos de vidrio, el joven se acercó con curiosidad trepando a la enorme creación de acero oxidado, y mirando dentro de aquellos ojos de vidrio se preguntó "¿pero qué es esto y que es lo que hace?" el joven miraba y limpiaba el polvo de la armadura, cuando al centro del pecho se encontró con un dibujo que él conocía, el símbolo de agua hirviendo junto a una advertencia "no abrir mientras está funcionando" decía el pequeño letrero "¿funcionando?" pensó el joven y con una sonrisa llena de curiosidad salió corriendo, a través de la chatarra, por la portezuela, atravesando las vías y con una cubeta, unos cerillos y cargando una bolsa de carbón regreso a la vieja bodega hasta el asombroso y misterioso artefacto. El joven no sabía que estaba haciendo, tampoco lo que pasaría al encender aquel maravilloso tesoro que se había encontrado y usando una vieja palanca, el joven jalo y jalo hasta que la tapa de aquella armadura… salió y dentro de ella un lugar para el carbón ardiendo, un depósito para el agua que herviría y donde anatómicamente estaría su corazón, una pequeña y diminuta luz, débil, frágil pero… aun encendida. Así que el joven vertió el agua en el depósito y coloco el carbón en su lugar "¿Cómo algo tan pequeño podría darle movimiento a algo tan enorme?" pensó el joven impresionado por aquel diminuto cerillo y su diminuta llama, que era el último elemento para satisfacer su curiosidad. El joven acerco el cerillo al carbón, el carbón necesito que el joven le soplara tres veces antes de que este encendiera con fuerza, una vez encendido el carbón el joven cerro aquella armadura que ahora estaba doblada, espero un rato sentado junto aquella armadura y antes de darse cuenta se encontraba soñando y roncando, en el sueño el joven volaba a través de la nieve y la tormenta, pero no sentía frio, como si algo cálido estuviera a su lado. El joven abrió los ojos y frente a él, una cantidad de vapor como una nube y sobre de él un par de brillantes ojos como si estuviera velando su sueño, el joven salto de miedo y el hirviente giro su cabeza de lado, el joven se levantó y mirando la enorme maquinaria espero con expectativa una mecanizada voz "¿Qué es lo que deseas miserable humano?" dijo el hirviente y el joven atónito miro al mecanizado hablador con profunda confusión, pues aquella voz parecía más humana que mecánica "¿Qué sucede? ¿No puedes hablar?" preguntó el hirviente poniéndose de pie y erigiéndose en tan noble forma que el joven retrocedió y no pudo evitar preguntarle ¿Quién era? ¿Qué hacía ahí? ¿Cuál era su propósito?, tantas preguntas en tan corto segundo, hicieron que el hirviente decidiera sentarse de nuevo y antes de contestar cualquiera de las preguntas del joven, el hirviente solo le pregunto una "¿Qué año es?" y el joven algo retraído, recordó aquellos libros de historia que vio en su primaria, tratando de recordar la historia detrás de estos tremendos triunfos de la ciencia y la magia, sin embargo prefirió solo responderle su pregunta. En cuanto el hirviente escucho la fecha, no hizo falta que en aquella mascara de acero hubiera una expresión, el joven sabía que el hirviente había estado ahí un largo tiempo, mucho más del que cualquiera quisiera siquiera saber. Entonces el mecanizado y oxidado hablador paso sus enormes brazos de acero sobre sus piernas revisando la oxidación, las grietas, las rupturas… el paso del tiempo.

El joven miraba al enorme hirviente con curiosidad "¿Cuál es tu nombre?" le pregunto el joven y el hirviente solo volteo nostálgicamente "jamás les importamos lo suficiente como para que nos dieran nombres, pero me llamaban B-08" respondió el hirviente y casi se sentía como si hubiera sonreído debajo del acero de su cara "uhm B-08… uhm B-0-8… B-O-B… BOB, que te parece si te llamo Bob" dijo el joven tras su curioso raciocinio, el hirviente coloco su oxidada y gigantesca mano sobre de la cabeza del joven "y… ¿Cuál es el tuyo pequeño humano?" preguntó el hirviente en un tono amable y casi paternal "Sebastián" le respondió el joven, fue entonces que comenzó una amistad, una amistad más extraña de lo que cualquiera pudiera imaginar, pero a esos dos entes encerrados en una bodega, no les importaba, el joven fue todos los días a hablar con el viejo y gastado hirviente "que fortuna" pensaba el joven "escuchar la historia de los "labios" de alguien que la "vivió"" decía emocionado el joven mientras se escabullía a espaldas de su anciano jefe y de sus compañeros de trabajo.

El tiempo paso y el joven continuo sus visitas a Bob el hirviente que "vivió" la guerra, Bob le hablaba de cuando en la primavera de la guerra los hirvientes eran la invención del momento, de cómo eran transportados de un lugar a otro, de un campo de batalla al siguiente, y solo durante los viajes, como es que el miraba los amaneceres, los atardeceres, la luna junto a las estrellas, el sol y las nubes tomando formas tan creativas e increíbles que el mismo Bob se sorprendía.

Un día, después de leer el último libro conocido que hablaba de estos hirvientes, el joven fue directo con Bob, con una sola pregunta en su boca, pues la elocuencia de Bob no era parte de la programación de la que los libros hablaban, el oxidado Bob miro al joven con aquel rostro de acero que no denotaba emociones, pero el joven sabía que le miraba con ternura, como un padre que mira a su hijo y entonces el joven hizo su pregunta "¿Cuál es tu propósito?" aquella orden que le daban a los hirvientes antes de encenderlos y que fueran a la guerra "el hombre que me construyo no creía en la guerra" dijo el hirviente "y me dio el único propósito que el sabia me mantendría andando por siglos por venir" continuo mientras el joven miraba con expectativa a Bob "el propósito que me dio fue… ¡Vive!" grito aquel hirviente con tal fuerza que la bodega se sacudió hasta su centro y el joven sorprendido, prontamente sacudió su cabeza "pero estas encerrado aquí" decía el joven "esto no es vida" replicaba Sebastián, pero Bob solo miraba al joven "la vida no es algo que ocurra todo el tiempo, a veces la vida llega a nosotros en una simple conversación" le dijo el hirviente y el joven no sabía si sonreír o llorar ante la hermosa proclamación del viejo Bob, pero fue entonces que como si un rayo hubiera caído sobre el joven, una epifanía, una luz en su cabeza, una visión y entonces se despido de su buen amigo Bob, salió corriendo y saltando sin decir nada a nadie pero con una sonrisa tan amplia, que detrás de ella, sin duda estaba la felicidad.

Al día siguiente, el joven regreso con muchas herramientas y como todos los días encendió al hirviente que por la oxidación y el tiempo ya no se podía mover, y el joven tomando su herramienta comenzó a retirar las tuercas del pie izquierdo de Bob "¿Qué haces Sebastián?" le pregunto el hirviente con tristeza en su voz, pues sentía que ya había alcanzado su uso final "confía en mi" le respondió el joven pidiéndole más de sus historias mientras trabajaba en desarmar aquella pierna y el hirviente, asumiendo que su fin había llegado y sin resistirse, solo se dejó desarmar mientras contaba de los viajes de aquella guerra, los días pasaron como los meses y el joven seguía desarmando. Al final, los meses se volvieron años y siempre Bob miro hacia abajo para ver al joven trabajando en desarmarlo, vio como el joven se volvió un adulto y a su tiempo, en jefe de la estación, miro como el joven se enamoró una y mil veces y finalmente una chica por fin lo atrapo, se casó, Bob conoció a sus regordetes hijos pequeños, frágiles y siempre llorando, pero lo diminutivo de aquellos infantes, siempre le recordaron a Bob el cerillo que le daba vida todos los días, como la luz de su propósito que lo mantenía andando; pequeña y frágil pero con tanto que dar.

Un día, intempestivamente, Bob despertó para ver al hombre que solía ser un joven y mirando al suelo noto, que estaba mirando al hombre de frente, que ya casi no quedaban piezas por quitar, Bob se disculpó con Sebastián por ser tan difícil de desarmar pero Sebastián solo se rio y le pidió otra historia, Bob ya estaba resignado a dejar de existir, así que le conto más historias y muchos más años pasaron, hasta que aquel hombre un viejo se volvió y aquel hirviente a tan solo a una máscara de acero conectado a una bomba de agua quedo reducido, con aquella tenue luz al lado "he terminado viejo amigo, he terminado" decía el viejo Sebastián y el antiguo hirviente parecía sonreír aceptando su destino "cuando vuelvas a abrir tus ojos, empezaras a vivir de verdad, mi viejo amigo" decía Sebastián mientras sus hijos; ya hombres; le ayudaban a bajar la máscara, desconectando todo, embotellando aquella hermosa luz y manteniéndola encendida. Como si estuviera mirando su sueño volverse realidad, Sebastián veía al viejo Bob que parecía dormir, y su luz tintineaba luchando, como si aun tuviera tanto por lo que vivir y de pronto en un instante ¡luz! Bob se encontró de nuevo frente a su viejo amigo en lo que parecía ser una cabina, pero mucho antes de notar eso, lo que noto fue la luz del sol, la nieve cayendo, las nubes flotando "¿Qué está pasando?" pregunto Bob con tal emoción en su voz "en tus historias lo que más extrañabas siempre eran las tierras que visitaste, el clima que sentiste, las caídas y salidas del sol que admiraste, así que decidí, hacer de ti un tren" respondió el anciano arrancando a la enorme bestia "disculpa que me tardara tanto" decía el anciano encendiendo aquel hermoso tren y entre lo que parecían sollozos Bob replico "gracias, gracias ¡gracias!".

Con el paso de los años Sebastián como cualquier humano, finalmente murió, pero Bob siempre lo recordó, siempre como un jovencito imberbe y propositivo con un corazón que no conocía la palabra imposible, cuando de por medio había una promesa con un amigo. Bob logro ver de nuevo todos aquellos escenarios, ahora en tiempos de paz y a todos los maquinistas que tuvieron la suerte de conducirle siempre les conto historias, historias que siempre tenían un mismo final "el escenario que vi en guerra siempre tendrá un cierto encanto en mis recuerdos, pero sin duda lo prefiero ahora, pues ahora vero niños jugando y jóvenes corriendo… y sin duda, los jóvenes, son fuente de esperanza e innovación, pues quien más seria tan atrevido como para hacer de lo imposible una profesión" y aunque nadie lo puede asegurar, en el ya viejo tren 808YS se siente siempre como si hubiera… un maquinista de más.

TERCER CUENTO
PARA LA PERSISTENCIA: EL VIOLÍN ENCANTADO

Erase un día normal, en una pequeña ciudad que crecía día con día, en cultura ciencia y misterio, una pequeña ciudad en la que la gente empezaba a empaparse de lo nuevo y extranjero, los padres trataban que sus niños estuvieran a la par de lo inusual, y que más inusual que una maestra extranjera que da clases de un instrumento extranjero, fue durante una de las clases de dicha maestra y que gran maestra; guitarra, piano, violonchelo, trompeta… pero el más solicitado instrumento a enseñar, siempre fue… el violín. Que exquisito instrumento, que bellas melodías podía generar, que descanso del alma tenían los padres al escuchar a sus pequeños tocando a Mozart, que dicha y que ventaja sobre de los "cualquieras" que les rodeaban en la vecindad.

Y fue durante una de las clases, que mientras los jóvenes tocaban piezas tan galantes y hermosas, un violín desafino, quien iba a ser sino el estudiante que practicaba poco y se quejaba mucho, su nombre era Alberto "¡¿Quién fue el autor de aquella horrible nota?!" pregunto con un grito la maestra deteniendo a toda la clase, la clase como cualquier grupo de aterrados alumnos, señalo la fuente de aquel indecoroso sonido "Alberto, ¡tú de nuevo! Cuando empezaras a practicar como se debe" le decía al pequeño niño que solo se reía y replicaba "Yo soy todo talento, no me hace falta practicar, lo que pasa es que todos aquí tienen un oído horrible", parecía que la maestra explotaría cuando escucho al impertinente mocoso decir semejante barbaridad "solo recuerde, señor Alberto, el camino de los flojos se parece en gran medida al camino de los fracasados, ¿pero sabe cuál es la diferencia?" pregunto la maestra con una calma que probablemente fue más inquietante que cuando estaba gritando, entonces, sin quitarle el ojo al niño, espero casi sarcásticamente la respuesta del ingenioso mocoso "no, no lo sé" respondió el niño finalmente, sonriendo como si todo fuera una broma "que para fracasar, hace falta cuando menos intentar, como puede ver, cualquier fracasado ya le lleva gran ventaja" completo la ostentosa maestra y en escasos segundos el salón se llenó de un silencio incomodo, seguido de aquellos chismecillos de niños que empiezan en cuanto un adulto se calla.

Saliendo de la clase los niños bailaban y cantaban camino a sus casas, practicando lo aprendido en la clase por aquí, hablando de sus padres por allá, tocando sus trompetas, violines, flautas y todo lo demás, todos, todos… menos uno, un solitario talento orgulloso que caminaba con su violín, molesto por el resultado de ese día "¿Quién se cree esa maestra?" decía en voz baja "ni que hubiera sido tan buena cuando joven" replicaba como tratando de convencerse de que era la maestra la que estaba mal, tan metido estaba el niño en su discusión consigo mismo, que no noto cuando se salió del camino habitual a su hogar y termino en un callejón en una zona baldía, ahí el niño miraba a su alrededor buscando una cara familiar o amistosa pero la cruel realidad es que no había nadie ni remotamente familiar, y aun peor, toda la gente en ese callejón parecía estar esperando a que el pobre niño se pusiera a llorar. Entonces, antes de que el pobre Alberto se orinara de miedo, un vagabundo se levantó de la gastada y derrochada acera y a toda la cuadra le grito "¡Es un mísero niño!" grito "¡No tiene nada consigo!" continuo el viejo vagabundo "¡Déjenle pasar en paz!" termino el viejo y los pandilleros se voltearon como si ya no fuera divertido. Alberto miro al viejo que le había defendido tan eufóricamente, "gracias" dijo Alberto tapándose la nariz pues el viejo apestaba como pocas cosas que él hubiera olido antes, "no hay de que, los violinistas debemos mantenernos juntos" dijo entre risas el viejo mostrándole su viejo, viejo violín, algo sucio, algo gastado pero aparentemente aun sonando, pero en cuanto el viejo vagabundo empezó a tocar, era como si el violín estuviera vivo y aquel violín sonaba con la limpieza que a su músico físicamente le faltaba, con la juventud y vivacidad que el paso del tiempo le debió haber quitado. Alberto escuchaba casi hipnotizado por las notas, se dejaba llevar y llevar mientras el sonido del violín resonaba en las calles, pero algo no tenía sentido, parecía como si nadie a parte de Alberto pudiera oír aquel hermoso sonido, el viejo dejo de tocar con una expresión extremadamente triste y guardando su violín miro a Alberto con esa tristeza "¡espere!" grito Alberto "su música es hermosa" dijo Alberto y el viejo sonrió como no había sonreído en años, sus arrugas casi parecían partirse "¿tú puedes oír mi violín? " le pregunto el viejo vagabundo, Alberto retrocedió con inseguridad "¿será que el viejo está loco?" pensó Alberto "claro que lo pude escuchar, fue increíble" respondió Alberto con toda honestidad, en los ojos del vagabundo lagrimas empezaron a brotar y antes de que Alberto pudiera preguntarle algo más, el vagabundo solamente le entrego su viejo violín "mi nombre era Julius Stephan Worth" dijo el viejo y sin darle nada más, extendió sus brazos entregándole su violín, Alberto miro el viejo violín, paso sus manos sobre aquellas cuerdas y sobre su aun firme y hermosa madera "este, es un violín mágico" dijo el viejo vagabundo, pero cuando Alberto levanto la mirada buscando al anciano… este había desaparecido, como si nunca hubiera estado ahí "¿mágico?" se preguntó Alberto aun buscando al anciano, pero las calles ya estaban vacías, solo él y aquel violín. El joven Alberto entonces, guardo el violín y corrió a casa, corrió y corrió sin parar, paso por las calles, banquetas y cruces, por fin entro a su casa donde su madre y padre le esperaban, pero sin darles importancia paso hasta su cuarto, cerro su puerta con seguro y se dispuso a ver si acaso se había vuelto loco.

Alberto miro por horas aquel violín, lo miro y lo miro, como tratando de convencerse de que lo que le paso, de verdad había pasado, "¿magia?" pensaba examinando el violín, pero sencillamente no encontraba la supuesta magia, pero tampoco podía olvidar como aquel viejo desapareció, entonces, como un sueño fugaz, ¡una idea! "Julius Stephan Worth" pensó, y de inmediato fue con su padre a preguntarle "Stephan Worth" dijo su padre alejándose del periódico "yo lo recuerdo" decía el padre de Alberto suspirando "él fue un increíble violinista o tal vez solo un violinista cualquiera, es difícil decirlo, salió de la nada un día y regreso a la nada al siguiente" dijo el padre regresando a su periódico "debiste escucharlo, desde ese violín él podía hacer cosas increíbles… es una lástima que sencillamente desapareciera un día" dijo su madre sirviéndole su cena a Alberto. Más inquieto que nunca y con aquella curiosidad infantil, Alberto pregunto aquí y allá, con los vecinos, con los tíos, pero todas las respuestas sonaban más o menos igual, un halago más aquí para el joven Worth, un insulto más para el vagabundo Worth y uno que otro rumor sobre el fantasma de Worth.

Por la mañana Alberto aun miraba aquel violín sin saber qué hacer con él, "guardarlo" pensaba "quemarlo" consideraba, dándole vueltas en su cabeza al misterio que envolvía al violín lograba que a Alberto le retumbara la cabeza; Alberto jamás había sido un pensador, si bien era cierto que su talento con la música era innegable como su apatía a la práctica también era cierto que fuera de la música Alberto era un pez fuera del agua, finalmente Alberto llevo aquel violín consigo a su clase "qué más da" se dijo así mismo limpiando y guardando el curioso violín.

La mañana pintaba como cualquier otra, la maestra corregía a los jóvenes músicos, los bellos sonidos llenaban aquel salón lleno de espejos y ventanales, cuando al corregir al joven Alberto, este se enfadó "otra vez viene a molestarme" pensó Alberto, pero otra idea tomo el lugar de la molestia "¿magia?" pensó, pidió un momento y corriendo como aire en fuga, fue a su mochila donde guardaba el violín supuestamente mágico, intercambiando los violines, miro una última vez al violín encantado por un momento y regresando al salón con una sonrisa y muy satisfecho de sí mismo, se colocó en su lugar, comenzó a tocar… y fue entonces que entendió al viejo Julius, pues mientras que la clase entera parecía completamente hipnotizada por las tonadas de su violín, Alberto estaba perplejo frente a lo en sus oídos resonaba… solo silencio, no podía escuchar sus propias notas, su propia música, su nuevo violín, pero en cuanto Alberto dejo de tocar, la clase entera se puso de pie, la maestra encantada le empezó a hablar de su enorme talento y de las cosas que haría sin lugar a dudas "como explicarles que era el violín… y que venía con un precio" pensaba Alberto mirando el violín y regresando su mirada a sus compañeros que aplaudían, al final, Alberto se dejó llevar por los halagos del momento "a quien le importa, mientras tenga este violín no importa que no pueda escuchar lo que toco, ya sé que es increíble" se dijo convenciéndose de que todo estaría bien. Los siguientes días pasaron tan rápido entre los agentes buscando al joven Alberto y sus padres felicitándolo por su duro trabajo, con la maestra llevándolo a cada recinto de música que se dejara iluminar por el talento del joven Alberto.

Alberto continuo tocando, sordo a su propia música, siempre con una sola pregunta en mente "¿Qué tan bien, realmente estaré tocando?" pues sin poder escuchar su arte, se valía de los aplausos del público, de sus sonrisas al oírlo tocar, pero con cada presentación su duda crecía. Un día sin aviso alguno llamo a su maestra al cuarto que le habían asignado para poder practicar a solas, la maestra sorprendida por el llamado, fue sin dudarlo, para ella era un honor escucharlo practicar… aun cuando hace ya tanto no lo escuchaba practicar, solamente le escuchaba en el escenario. Entonces Alberto tomo aquel violín y comenzó a tocar, la maestra lucia impresionada pero algo en su mirada detuvo a Alberto "continua" dijo su maestra "me equivoque" pensaba Alberto y dejo de tocar "¿cómo saber dónde me equivoque? si no puedo escucharme" continuaba pensando el joven violinista, pero su maestra solo insistía que en siguiera tocando, Alberto estaba enojado, a gritos saco a su maestra y a gritos anuncio que no se presentaría, que no estaba listo, esa presentación fue cancelada y con ella, gran parte de la reputación de la que se había hecho el joven Alberto también se vino abajo.

Tras los rumores de la presentación cancelada y los periódicos hablando de esto y de aquello, Alberto por fin prefirió tomar su viejo violín, aquel violín que no tenía ninguna magia, ninguna condición… pronto descubrió con miedo que la maldición ya no estaba en el violín, no fue sino hasta ese momento en que entendió la verdadera maldición que aquel violín cargaba, pero en ese momento de sordera y aterradora epifanía, frente a él se apareció aquel viejo, como si siempre hubiera estado ahí de pie frente a él "si bien el violín está encantado, es al violinista al que encanta" dijo el viejo mirando al joven Alberto al borde del llanto, tocando su violín con toda su energía, esforzándose por escucharlo, al punto en que en voz baja tarareando las notas, cerrando con fuerza sus ojos enfocándose a sus alrededores… pero él, sencillamente no podía escuchar sus notas, abrió entre lágrimas sus ojos, el viejo ya no estaba. Para

Alberto se había vuelto evidente lo que le había pasado a Julius, dejo de tocar por no poder escuchar lo que tocaba, pero Alberto hizo lo único que sabía hacer y que hace mucho no hacía, toco hasta el alba, no importaba que no lograra escucharse, "a quien le importa si no puedo escucharme" pensó "solo practicare sin parar y confiare en cada nota que toque" se dijo así mismo entre lágrimas y sollozos, y toco y toco… y toco y siguió tocando.

Alberto se volvió a presentar aun sin poder escuchar su música, jamás dejo de practicar, y en cada entrevista siempre respondió lo mismo "toco para la gente pero práctico para mí", los años pasaron y sin escucharse ni una nota, Alberto toco hasta que cuarenta años de presentaciones habían pasado, miles de contratos, miles de audiciones, miles de conciertos. Y por fin, durante un concierto mientras tocaba con su alma expuesta en el escenario, al final de aquella sinfonía, poco antes de las ovaciones y aplausos a los que ya estaba tan acostumbrado, algo inesperado para él, ocurrió, ahí, en el pasillo, entre los asientos, estaba Julius con un traje elegante, una sonrisa de perlas y una expresión de paz, entonces Alberto escucho sus últimas diez notas, esas ultimas diez notas que salían de su violín, su silencio y sorpresa fueron rápidamente volcados por la multitud que no solo se levantó a aplaudirle, sino que en gritos de euforia le celebraban, pero Alberto solo se dejó caer hasta sus rodillas en llanto. Hay quienes dicen que el motivo de su llanto es que esa fue su mejor presentación, otros cuentan que fue por la muerte de su padre unos días antes y que se la estaba dedicando… pero en total sinceridad, quizás, solo quizás, esa fuera la primera vez, que toco para sí mismo y práctico para el público.

Hay quienes se rinden frente a una maldición, hay quienes aprenden a usar su maldición pero también están, los que trabajan a pesar de su maldición y sin la necesidad de superarla, la atraviesan logrando algo, sencillamente extraordinario.

CUARTO CUENTO
PARA LA CURIOSIDAD: LA LLAVE MAESTRA

Y erase una vez, en un viejo y sencillo pueblo, un tanto al sur del frio invernal y al este de la sequía temprana, que se contaban leyendas como se contaban infantes, la gente de aquel lugar, era gente sencilla, algunos relojeros, algunos médicos, uno que otro maestro, un puñado de mercaderes de fruta, de carne, uno que otro herrero y por inusual que fuese, maquinistas también había; la nueva y curiosa invención que avanzaba con vapor, aun resultaba nueva en el pequeño pueblo, con tan solo su pequeña estación y un solo tren pasando cada 2 a 3 veces cada 3 días. Era ciertamente un lugar que en pocas palabras, inhalaba leyendas y exhalaba tranquilidad. Lleno de pequeñas y alegres casas viejas, con gente vieja llena de historias viejas que contaban a toda hora al puñado de jovencitos que corrían por el lugar, que corrían por allá, que saltaban por aquí, que en general nunca se estaban quietos y siendo sinceros; ¿Quién los querría así?, ¡no!, los niños en movimiento constante dan alegría a los adultos ya menguantes, y es por eso que los viejos a los jóvenes historias siempre les daban, y los niños tras la historia carrera siempre pegaban, por aquellas pequeñas calles, diseñadas aun para sus caballos y el par de carretas que pasaban, pero eso a los niños no detenía, ni alentaba, al contrario, de algún modo, siempre se les hallaba jugando.

Mas entre todas las historias del pequeño pueblo, había una que resaltaba cada vez que de espantos se hablaba, la leyenda tras la vieja mansión; ubicada donde las calles se cruzaban y el pequeño pueblo parecía terminar; una asombrosa y vieja mansión, "el edificio más antiguo" decía en una placa de oro al frente del gastado lugar, sobre la vieja mansión mil historias había: "que un asesino vivió ahí", "que una casera era una bruja", "que un brujo se comía a los niños", "que un espíritu rondaba la propiedad", "que un chasquido aquí un chasquido allá". Se contaban un sinfín de historias acerca del lugar, pero nadie jamás se acercaba a comprobar, oh no, nadie, ni un alma, en las noches, los niños que jugaban cerca, evitaban inclusive las calles sobre las cuales la antigua mansión se mantenía en pie.

Un día como cualquier otro, durante el más fuerte de los veranos en aquel pueblo, un grupo de niños jugaban entre las estrechas calles "¡te encontré!" gritaba uno mientras corrían al poste y jugaban y corrían y gritaban, las sonrisas y diversión de aquellos niños parecía que nunca se acabaría, pero la diversión siempre se detenía por el llamado materno a desayunar, comer o cenar, los niños se juntan antes de retirarse "¿mañana a la misma hora?" preguntaba la pequeña Lisa "¡claro!" responde el valiente Jeremy, asienten también el desafiante Norman; quien quizás debería comer menos pastelillos; la atrevida Adriana que ve el mundo a través de sus densos lentes, la hermosa Marsella con sus rizos de oro y el cómico Jorge que en la noche pareciera imposible de encontrar, él lo llama "su camuflaje natural". Los niños se despiden y corren a sus casas donde sus madres los esperan con la cena, todos menos uno se retiran; Jeremy, que pasa frente a la calle de aquella vieja mansión a la cual su propia madre le ha advertido jamás acercarse, oohh pero Jeremy es valiente, lo que a muchos paraliza, a él le emociona y aún más… le intriga. Mirando aquella calle vacía, iluminada solo por la luz de la luna, el valiente Jeremy se dispone a correr atravesándola para llegar a su casa, se prepara, da un par de saltos como si calentara para nadar y antes de que los grillos puedan terminar su canción, sale Jeremy disparado, corriendo a lo largo de la oscura y aterradora calle frente a la mansión, entonces cuando se acerca al final, algo capta su atención, un brillo en la distancia, un pequeño y casi invisible objeto, baja su velocidad, se detiene por fin frente al diminuto y brillante objeto, se agacha y al levantar aquel objeto lo mira con curiosidad "¿una llave?" se pregunta Jeremy en voz alta y confusa, la mira apenas unos segundos y escuchando el poderoso grito de su madre, guarda la llave, corre a su casa donde lo espera una cena caliente y una madre molesta por haberla hecho esperar.

Junto con el sol, los niños se levantan y se juntan frente a la fuente al centro de sus casas, Jeremy con aquella extraña llave en su bolsillo les habla a sus compinches de las posibilidades de esa llave "¿Qué será lo que abrirá?" les pregunta Jeremy con una emoción sin control, pero sus amigos no están seguros de quererlo averiguar "¿Dónde dices que la encontraste?" pregunta Jorge tratando de sonar sarcástico "frente a la vieja mansión" responde Jeremy y el grupo de inmediato renuncia dejando a Jeremy solo con su más viejo y noble amigo, Norman quien lo mira en desaprobación para esa empresa en particular "sabía que tu estarías conmigo" le dice Jeremy con una sonrisa pero Norman aún se rasca la nuca con nervios "no me digas eso… solo dime donde la quieres probar" le responde Norman tratando de no salir corriendo como los demás, pero el entusiasmo sin barreras de Jeremy mantiene a Norman lo suficientemente motivado como para no huir y antes de que Norman se dé cuenta, ahí están, los dos jóvenes frente a la legendaria mansión y pasando tras de ellos, la única persona que se acerca a la mansión, el barrendero "¿qué hacen aquí mocosos?, ¿Qué no saben que este lugar esta embrujado?" les pregunta aquel amargado barrendero "solo queríamos ver más de cerca la mansión" le responde y entretiene Norman mientras Jeremy mira con detenimiento la reja y tras la reja la puerta y tras la puerta, un misterio por descubrir y una aventura por vivir.

El barrendero se retira continuando con sus calles mientras el par de niños miran la reja recordando lo que toda la gente les ha dicho acerca de aquel lugar "brujas y demonios", "hechicería, maldiciones y fantasmas" y cuanto más recuerdan más ganas le dan a Jeremy de solamente saltar dentro del asombroso lugar. Mirando el candado que mantiene aquella reja cerrada Jeremy mete la llave al candado y en un acto de sorpresa y terror los niños escuchan los seguros del candado abrirse y frente a ellos la reja se abre de par en par "bueno, si esta es la llave de este candado, entonces sigue sin haber forma de entrar" dice Jorge comenzando a dar la media vuelta, pero su amigo sigue al frente sin perder de vista su meta "vamos Jeremy, todo lo demás está cerrado, no podemos entrar" le dice su amigo tratando de persuadirlo de seguir acercándose a la aterradora mansión pero todo intento parece ser totalmente inútil, por fin los dos niños se paran frente a la vieja y enorme puerta de madera y antes de entrar escuchan múltiples pasos detrás de ellos, en terror los dos niños brincan y se voltean esperando lo peor, tan solo para que al momento en que voltean, no son espectros, ni monstruos, son: Lisa, Jorge, Adriana y Marsella cargando con delicadas lámparas de aceite y pequeñas mochilas llenas de cosas "tú nunca estás listo para nada Jeremy" le reclama Adriana dándole su mochila y tomando la llave intempestivamente de las manos del sorprendido joven, la mira con detenimiento mientras Jeremy hurga en la mochila que Adriana le acaba de dar; galletas, suéter, dos lámparas más y una cobija; y mientras los niños saludan a Jeremy que sonríe de oreja a oreja al ver a sus compinches preparados y junto a él, la voz de Andriana acapara el momento con la más curiosa frase "está abierto" dice empujando la vieja puerta de madera que rechinando de horrible manera se abre de par en par revelando el recibidor del enorme lugar sin luz, solo sombras recorren aquel lugar, sombras que cruzan con la luz de las delicadas lámparas que los niños cargan. Al mirar dentro del oscuro lugar, notan que las ventanas están bloqueadas y solo un par de rayos de sol entran por pequeñas fisuras y grietas, Jeremy entra tomando la llave de las manos de la boquiabierta Adriana que trata de juntar su valor para entrar, entonces, uno por uno siguen a Jeremy al interior de la mansión, tan cerca van los niños uno del otro que se mueven como uno solo, detrás de ellos la puerta se cierra de golpe sin aviso ninguno, gritos aquí, gritos allá, los niños gritan tanto como las niñas todos excepto Jorge pues fue quien cerró la puerta detrás de ellos "tranquilos, tranquilos, está abierto, yo cerré" dice Jorge abriendo y cerrando la puerta, provocando las primeras bromas a Norman y Jeremy que también grito de miedo. Antes de darse cuenta son las risas las que llenan aquel enorme recibidor con aquel hermoso par de escaleras que llevan al segundo piso; una a cada lado formando un circulo al subir; los niños apuntan con sus linternas a los puntos que tienen demasiadas sombras y luchando contra el miedo que corre por sus espaldas, comienzan a explorar el lugar antes de por las escaleras subir, al mirar por un rato el interior, notan que la luz del sol que entra, de hecho, es más de la que creían o habían notado al inicio, aun con tantas ventanas tapadas con tablas de madera la luz se cuela por un ventanal abierto en el techo, gastado y con aves revoloteando para salir, el sol por ahí entra con fuerza iluminando el lugar a medias, como seleccionando su preferencia; ilumina cuadros de gente vieja, ilumina repisas con medallas y trofeos, ilumina joyería rota y desvalijada, pero las sombras que deja habitan las esquinas más oscuras.

Los niños se dividen en curiosidad; Jorge se va con Adriana explorando el comedor de la mansión mientras Norman y Jeremy recorren lo que parecía ser la sala, por otro lado Lisa y Marsella tomadas de la mano exploran lo que alguna vez fue la cocina. Telarañas, arañas, mosquitos, ratones y un par más de plagas son todo lo que los niños encuentran en la oscuridad de ese primer piso y se vuelven a reunir en el recibidor, Jeremy luce algo decepcionado, en realidad, todos los niños lucen algo decepcionados, como si les hubieran robado una increíble aventura, entonces un sonido llama la atención de los niños "el segundo piso" dice Norman haciendo evidente lo que todos pensaban al mirar las escaleras, pero antes de comenzar su acenso, Jeremy voltea a la puerta principal una última vez con gran curiosidad; adornada con figuras, con tallados, con tal elegancia que Jeremy la mira inclusive con algo de envidia, regresa la mirada a sus compinches y continua su aventura, los niños van paso a paso subiendo los enormes escalones, con cada paso un escalofrió recorre sus pequeños cuerpos "entonces, ¿estaba abierta? Tantos años mirándola y nadie sabía que estaba abierta" exclama Marsella rompiendo el silencio y acallando el rechinar de la escalera con ese tono condescendiente que algunas veces altera a Norman, "no" responde Adriana "la llave que encontró Jeremy, era de la puerta" dice Adriana apuntando su linterna a los viejos cuadros de gente tan bien vestida que parecieran seguirles con ojos de acuarela y miradas de profunda vela "pero la llave es del candado de la reja" responde Jeremy deteniendo al grupo y logrando que los niños apunten sus linternas a la pequeña y extraña llave en la mano de Jeremy "¿la llave maestra de la mansión?" pregunta Lisa abrazando a Jorge "puede ser" responde Norman tomando la llave de la mano de Jeremy y levantándola en alto contra el magnánimo candelabro que adorna el recibidor.

El segundo piso por fin, entonces como por arte de magia, el candelabro se enciende, volviendo a provocar los gritos y saltos, del susto los niños terminaran de subir las elegantes y desgastadas escaleras. Que sorpresa se llevaron los niños al ver como el segundo piso era un pasillo lleno de puertas que parecía no acabar y ahí frente al pequeño pero valiente grupo de infantes, un hombre vestido de gala con tal porte y tal clase que pareciera encajar en perfecta sincronía con el siglo pasado "¡Bienvenidos!" exclamo el hombre mientras la mansión comenzaba a repararse, como con magia las rasgaduras en las paredes se cierran, los muebles se vuelven a armar, los marcos parecen nuevos y mientras los niños miran asombrados a su alrededor, el hombre vestido de gala continua su presentación "veo que ya han elegido al primer maestro de ceremonias" dice el hombre y pasando su mano frente a Jeremy, de repente las viejas y gastadas ropas de Jeremy se transforman en un galante traje que se complementa con una galante chistera, los niños impresionados solo tocan el traje comprobando su realeza "y ahora sin más preámbulo, elija su puerta, maestro" dice el elegante hombre, mostrando aquel pasillo como si fuera un artículo en venta. Los niños se asoman al pasillo que se ilumina para ellos "¿Cuál debería de elegir? No hay nada escrito en ellas" decía Jeremy mirando sorprendido las puertas pero antes de que Jeremy diera el primer paso en su elegante traje, Norman lo jala y los niños se juntan haciendo un círculo cerrado hombro con hombro, discuten su siguiente paso en recelo del galante hombre al que no le parecía importar, si los niños se tardaban o elegían en cándida alegría "tenemos que salir de aquí" decía Norman "esto es muy raro, quien sabe que vaya a pasar" exclamaba Jorge "y que importa, tenemos una aventura en nuestras manos" replicaba Jeremy "yo sigo después de Jeremy" dice Adriana "yo solo quiero irme a casa" comenta Marsella mientras Lisa solo se abraza de Norman.

Los niños discuten y discuten pero finalmente Jeremy sencillamente se abrió paso hacia la tercera puerta a su izquierda, una puerta de madera normal, sin señas de nada en particular, solo una perilla bellamente estilizada "puedo abrir la puerta que yo quiera ¿no es así?" pregunta Jeremy al elegante hombre que asiente con la cabeza y una sonrisa sincera "por supuesto maestro Jeremy, pero sepan que salir del cuarto… otra historia por completo es" completa el hombre y de la misma forma en que les sorprendió con su aparición, les sorprende con su desaparición, los niños se reunieron frente a la puerta elegida por Jeremy, y mientras aún había discusiones entre que salir corriendo o arrojarse a la aventura, el más tenue y simple sonido marco el inicio de algo increíble, el sonido del seguro de aquella puerta, dejándose vencer por la llave.

La puerta se abre y del otro lado, un valle se deja ver, tanto espacio "¡es ridículo!" exclama Norman, tanta belleza también pero aún más ridículo son los seis niños que entran a la habitación sin titubear después de tanta discusión, en cuanto Jorge (el último en entrar) pasa, la puerta se cierra y desaparece, en su lugar, aquel elegante hombre aparece flotando frente a los niños "entonces, maestro Jeremy, ¿cuál será el primer juego de la noche?" pregunta el hombre sonriéndole pero los niños no entienden lo que está pasando "¿que no lo mencione?" pregunta el hombre con una risa juguetona "para salir de los cuartos deben vencerme en un juego de su elección" completa el hombre sonriendo, los niños se miran los unos a los otros esperando a que Jeremy diga algo y entonces en la paz y tranquilidad de ese valle Jeremy elige un juego "Soccer" dice Jeremy sonriente "nosotros seis contra ti" completa Jeremy y los niños parecen felices con su elección, el hombre extiende su mano y un balón aparece, con sus hexágonos blancos y negros lo deja caer y al caer, dos porterías salen del suelo pero los niños miran con extrañeza el momento en que el hombre pisa el suelo, pues a la par que el hombre pisa, cinco sombras iguales a él se levantan "pichones, sacan" dice el hombre entregando el balón a los niños. El partido comienza con Norman como portero y el resto corriendo de un lado a otro, pases aquí, pases allá, una burla aquí, una burla allá, los goles caen para ambos equipos mientras corren y corren, Adriana se cae, Jeremy se cae y sin saber lo que el futuro les depara, juegan, sudan, se cansan, se caen, se levantan, ríen, se divierten y finalmente de algún modo, los niños ganan. El elegante hombre les hace una reverencia y antes de que los niños puedan decirle algo, el valle y el hombre desaparecen dejando solo un viejo y solitario cuarto, con repisas y telarañas, el cuarto es pequeño con una cama individual y colgando de una de las paredes, un cuadro con el elegante hombre al lado de una elegante familia, pintado como el mayordomo con un rostro duro y serio, pero en el cuadro los niños en el retrato parecen mirarle con cariño.

Los niños salen de aquel cuarto confundidos y la llave la toma Adriana antes de que nadie pueda decir nada "mi turno, mi turno" dice Adriana cuando en el iluminado pasillo se aparece una galante señorita en un hermoso vestido azul y un peinado exuberante "elija, maestra de ceremonias, elija y continuemos el juego" dice la hermosa dama y Adriana emocionada elige la puerta del lado contrario a la de Jeremy, sin pensar y con cansancio abre la puerta y detrás de Adriana los demás corren, de nuevo la puerta se cierra tras de su entrada pero esta vez no es un valle sino un lago, los niños miran aquel lago con emoción y de la misma forma en que la puerta desapareció detrás de ellos apareció aquella mujer y antes de que la mujer hable la voz de Adriana se escucha "carrera de natación, yo contra ti" la mujer se deshace de su vestido tan elegante y en su lugar un traje de baño tan antiguo como raro y con un movimiento de su mano la mujer cambia las ropas de Adriana por un traje de baño igual al de ella, además de una boya que se aparece a la mitad del lago "una vuelta ¿o solo llegada?" pregunta la mujer aterrizando en el muelle donde empezarían la carrera "tres vueltas, ida y vuelta" completa Adriana sonriendo emocionada dentro de aquel anticuado traje de baño, los niños se ríen un momento de aquella imagen pero antes de darse cuenta la carrera comienza y los niños gritan, apoyan a Adriana mientras nada con todas sus fuerzas, patalea y patalea, la pasa, la pasan, obtiene la delantera, la pierde, los gritos le llenan y los niños ríen, se divierten y finalmente gana, sale de aquel lago e igual que el hombre antes de ella, les hace una reverencia y se desaparece junto con el lago, el traje de baño sobre Adriana se desaparece de igual modo y vuelve a sus ropas normales y secas, la habitación se vuelve una bodega de sombreros, sombreros de todo tipo y forma, de todos los colores pero llenos de polvo y telarañas, colgado de una percha los niños reconocen el vestido que la mujer usaba, viejo, sucio y empolvado, los niños por fin voltean, felicitan a Adriana y de la boca de la pequeña Lisa, intempestivamente una pregunta aterradora "¿Qué pasara si perdemos?" antes de salir de aquella bodega los niños se miran pensativos en esa pregunta.

De nuevo salen de aquel cuarto y esta vez es Norman quien sostiene la llave, en el pasillo un hombre de gabardina color café larga y barba alborotada les espera "¿ya ha elegido?, maestro" pregunta el hombre "solo una duda antes de continuar" dice Norman y el hombre le mira con una sonrisa oculta "¿qué pasa si perdemos un juego?" pregunto Norman con gran seriedad pero el hombre solo sonrió y señalo al pasillo por donde los niños inicialmente habían llegado, rápidamente notaron como el pasillo se extendía por cientos y cientos de metros "tendrán que averiguarlo ustedes mismos…" completo el hombre sonriendo con una sinceridad inquietante, Norman miro al grupo y el grupo miro a Norman y pronto a Jeremy "estamos atrapados" le reclama Jorge sujetándolo de la gastada playera "ya no importa" dijo Norman eligiendo una puerta antes de que los reclamos tomaran lo mejor de los niños "solo importa que terminemos con estos juegos" dice Norman abriendo su puerta y descubriendo una fuerte nevada del otro lado, lo que parecía ser una escuela al fondo, los niños saltan olvidando los problemas a la nieve y curiosamente no sienten frio, como si la nieve no estuviera realmente ahí, la puerta se cierra y desaparece como era de esperarse y frente a ellos, el hombre de la barba alborotada y gabardina aparece "¿Cuál será el juego, maestro?" pregunta el hombre aun flotando frente a ellos "capturar la bandera, nosotros seremos el equipo azul y tú el rojo" respondió Norman con esa seriedad que le caracteriza, "el armamento serán bolas de nieve y las fortalezas serán de nieve también" explica Norman sosteniendo un puñado de nieve y sonriendo al sujetarla, el hombre toco el suelo y de igual forma que con el primer sujeto que vieron, se levantaron sombras iguales a este hombre, extendió su mano y una bandera color azul cuya insignia decía "los vivos" apareció, dándoles aquella bandera a los niños les dijo "ocúltenla bien y diviértanse" y en su mano apareció la otra bandera color rojo cuya insignia decía "los muertos", se separaron y unos momentos después un silbatazo indico el inicio del juego, las bolas de nieve volaban de un lado a otro durante el combate mientras Norman y Jeremy se abrían paso hasta la fortaleza del equipo rojo, avanzando y avanzando se adentraron en su territorio, se escuchaban las risas detrás de ellos, los gritos y el apoyo de sus amigos, los niños corrían, defendían, reían y se divertían, antes de darse cuenta habían eliminado a todo el equipo rojo excepto al original, con el cual se encontraron resguardando su bandera con una sonrisa "si acaso espero de algo les sirva mi aviso, la llave que sostienen, no es la llave que los sacara de este lugar" y con esas palabras las bolas de nieve parecieron lloverle entre risas y diversión, el equipo azul gano y pronto la nieve se derritió, el hombre les reverencio, los niños estaban agotados pero en cuanto la habitación se tornó en un cuarto de lavado, gastado y olvidado pero envuelto dentro de una bolsa protectora, una gabardina color café, vieja olvidada pero parecía tratar de decirles algo importante a los niños.

Para los niños era curioso cómo no se sentían cansados, se sentían bien, se sentían fuertes, se sentían invencibles y estaban divirtiéndose tanto que de hecho habían olvidado preguntarse qué pasaría si perdían.

La llave la tomo Marsella y afuera en el pasillo quien les esperaba esta vez, era una pequeña niña en un hermoso vestido rosa, con rizos de oro colgando de su cabello y una bellísima sonrisa, tan inocente, tan reconfortante y de algún modo… tan poco confiable "¿ya ha elegido una puerta, maestra?" le pregunta la pequeña y Marsella solo camina de frente, abre la puerta sin titubear. Del otro lado de esta puerta un jardín con arbustos y rosales y claveles y todo tipo de hermosas flores, con el sol sobre aquel jardín dándole vida y una tranquilidad inquietante para los niños, apenas entraron la niña sobre los arbustos los recibe y con una reverencia hace la pregunta habitual, pero Marsella no tiene pensado jugar con las reglas que le han dado, oh no, ella es lista, muy lista "el juego es el siguiente, veamos quien puede salir primero de esta mansión" dice Marsella y la pequeña niña parece derramar una lagrima y antes de que los niños puedan dirigirle una palabra, el jardín se desvanece y el cuarto de una pequeña niña se revela, cama, baúl, un jarrón con restos de flores marchitas, los niños miran a Marsella esperando una explicación "el juego que elegí, ella ya no podía ganarlo de ningún modo" responde dándole la llave a la pequeña Lisa que la abraza y por un momento se siente triste por la niña que parecía llorar.

En el pasillo, al salir les espera un niño pequeño, no mayor a Lisa con una boina y usando tirantes con una sonrisa única y azotadoramente sincera "pequeña maestra, elija y sigamos jugando" dice el niño sonriendo desde sus tirantes pero Lisa solo camina por el pasillo y de pronto, elige como si una puerta la hubiera llamado (aun cuando todas eran iguales), y abrió aquella puerta a su izquierda, ¡qué festín! Un comedor atiborrado de comida por todos lados, los niños miran el enorme comedor que se extiende igual que el pasillo, de manera anormal y un tanto inquietante y en ese cuarto lleno de muebles, lleno de vitrinas, con mesas y mesas, candelabros y pequeños espacios ocultos a la vista y mirando la comida la pequeña Lisa se rio y sin dudarlo dijo "escondidillas" y los niños la miraron confundidos "tú te escondes, y nosotros te encontramos" completa Lisa y el niño aun flotando sobre la comida saca un reloj de arena "entonces, pongámosle tiempo, si así lo desea, la maestra de ceremonias" dice el niño y todos los niños miran a Lisa haciéndole señas de que no acepte el reloj y mirando a sus amigos sonríe "si, dos horas de limite" dice Lisa riéndose y todos sus amigos parecen molestos pero solo por un momento pues pronto se comienzan a reír, el niño lanza el reloj de arena que cae sobre la mesa y comienza a correr el tiempo y el niño se desvanece de su vista, los niños comienzan su búsqueda, detrás de los muebles, bajo las mesas, en los rincones, dentro de los muebles y vitrinas, nada, ¡no encontraban nada! Que terrible destino nos esperara pensaban mientras seguían buscando "¡qué será de nosotros!" Pensaban ah, pero la pequeña Lisa no estaba lista para darse por vencida, entonces mirando el platillo principal, un enorme pato horneado, gigantesco, anormal, entonces Lisa se acercó a este platillo de fantasía mientras los demás miraban pensando "pero que hace cuando nos queda tan poco tiempo" mirando la poca arena que quedaba y antes de que la arena terminara de caer, Lisa desprende una de las patas del pato horneado, ¡sorpresa! El brazo del niño saliendo del pato, ¡pero que ingenioso! Se había escondido dentro del mismo, una risa infantil se escucha y el niño sale de aquel platillo riéndose "esto ha sido muy divertido" dice el pequeño mientras se desaparece junto con el banquete, dejando un cuarto donde se guardaba el carbón, esta viejo, gastado y sucio, lleno de telarañas y alimañas y sobre uno de los carbones, una boina descansa.

Los niños salen de aquel cuarto y faltando solo Jorge, toma la llave la mira con detenimiento pero una vez en el pasillo, nadie les espera, sin embargo el pasillo sigue siendo infinito y los niños miran y miran mientras esperan por alguien cuando Jorge mirando la llave piensa y piensa y piensa, hasta que la cabeza le duele "elije una puerta y terminemos con esto" le dice Marsella desesperada pero algo le molesta a Jorge "algo no está bien" dice "algo sencillamente no cuadra" repite y los niños se juntan como al inicio, hombro con hombro, compinche con compinche y esperando a que Jorge les explique la rareza que ha notado "si se ha mantenido un sistema hasta ahora, ¿porque lo detendrían al final?, ¿porque alterarlo al final?" dice Jorge y todos comienzan a pensar por un segundo "¿cómo llegaron aquí todas esas personas para empezar?" pero Marsella está desesperada por salir del extraño lugar, molesta y desesperada le arrebata la llave a Jorge y la coloca en la primera puerta frente a ella "ya está, terminemos con esto" les dice pero justo cuando la joven y hermosa Marsella trata de abrir la puerta, la llave no gira y los niños se quedan pasmados ante esa escena, como si un misterio se hubiera revelado repentinamente frente a ellos. Jorge se acerca lentamente hasta la puerta pero en lugar de intentar abrir la puerta solo saca la llave y la mira con detalle "la llave que sostienen, no es la llave que los sacara de este lugar, fue lo que aquel hombre dijo, ¿cierto?" dice Jorge aun mirando la llave mientras Jeremy y Norman asienten con la cabeza "entonces, no hay forma de que usando esta llave salgamos" concreta Jorge mientras

Marsella se cruza de brazos desesperada por salir cuando mirando al infinito pasillo repentinamente Jeremy nota a lo lejos, las puertas que ellos habían dejado abiertas y señalándoselas a los demás, una musa le golpea en la cabeza, una idea, un repentino destello de inteligencia y astucia, una revelación, Jorge sale corriendo mientras guarda la llave en su bolsillo y gritando dice "¡síganme, síganme!" los niños no saben que pudo haber notado pero es mejor que quedarse de pie sin hacer nada, Jorge se detiene frente al cuarto de la pequeña niña que habían visto "¿pero qué hacemos aquí Jorge?" le pregunta Marsella molesta "¿acaso perdiste la razón?" completa Marsella "piénsalo" le dice Jorge juntando las viejas y empolvadas cobijas y todo lo que se pueda amarrar "la llave, es una llave maestra, pero solo el maestro de ceremonias la puede usar, ¿qué sentido tiene que una llave sirva solo con una persona a la vez?" le pregunta Jorge amarrando las viejas cobijas entre si y rápidamente buscando un lugar a donde amarrarla "no lo sé, ¿Qué sentido tiene?" le responde Marsella "mi padre solía decir, "solamente tú, te puedes encerrar a ti mismo"" responde Jorge mientras Jeremy y Norman amarran las cobijas al pie de la pesada y vieja cama "eso es ridículo Jorge" le dice Marsella mientras la pequeña Lisa se abraza a Jeremy con miedo "si, bueno, mi padre también solía contarme de la última vez que alguien entro a esta mansión" y de pronto todos le pusieron atención a Jorge "una pequeña niña rica y su sirviente… la niña tenía hermosos rizos rubios" y en cuanto Jorge termino de hablar la pequeña Lisa solo podía pensar en salir de ese lugar "bueno, entonces ellos perdieron en este juego, todo lo que necesitamos es ganar el último juego y listo ¿no?" responde Marsella empezando a ponerse nerviosa "si, también estaba pensando en eso, pero desde que mire por esta ventana algo me molesto y ahora sé qué fue lo que me molesto" responde Jorge mostrando la empolvada y sucia ventana por la que pasa su suéter para quitarle el polvo, los niños miraron con terror a través del sucio y gastado vidrio, del otro lado de la ventana estaba la mansión en donde se supone que estaban "la niña vivía frente a la mansión" dice Jorge intentando abrir la ventana "está cerrada" dice Jorge molesto pero tomando la llave del bolsillo de Jorge, Jeremy golpea el vidrio de la ventana hasta romperla, lanzan su cuerda de cobijas y antes de bajar miran como aquella mansión se sacude como si estuviera viva y detrás de ellos escuchan como el pasillo se comienza a caer a pedazos, bajan y bajan rápido, bajan y bajan sin pensar, los niños no desean saber lo que viene detrás de ellos ni lo que podría hacerles y una vez afuera miran como la mansión se sacude una última vez y entonces en la oscuridad de la noche, unos pasos se escuchan y una luz brilla al final de la oscura calle, viene de la entrada principal de la mansión, los niños, incluyendo a Marsella tiemblan y se abrazan esperando lo peor. Entonces, frente a ellos un hombre cubierto de luz, de cabello blanco y ropas que no se han usado en siglos, les sonríe y extiende su mano como pidiéndoles algo de vuelta, Jeremy saca la llave y se la da, el hombre entonces se da la media vuelta y desaparece en la oscuridad.

Tras su escape los niños voltean a ver aquella mansión, aun es gigantesca, aun es aterradora, pero de algún modo sentían que ya no era tan malvada, quizás, solo quizás, algo tramposa, algo juguetona, se preguntan si acaso al seguir aquel proceso con aquella llave maestra, sea la forma de quedar encerrado para siempre en ella, con la llave que lo abre todo en esa mansión, no abrirás tu libertad.

Aun se habla de aquellos niños, aun se habla de aquella mansión pero de quien ya no se oye nada, es del arquitecto que hace doscientos cincuenta y seis años, levanto aquella mansión, sin embargo entre rumores y malas lenguas se cuenta, que era muy, pero muy juguetón.

QUINTO CUENTO
PARA LOS SUEÑOS: EL ALEBRIJE

Érase una vez un sueño que fue soñado, una fantasía emitida en el descanso y entonces el sueño existió, porque alguien lo soñó, y erase un niño en el mundo de los sueños, confuso aquel mundo, confundido aquel niño, sin saber qué hacer ni lo que estaba pasando, mira a su alrededor mientras los objetos a su alrededor se deforman y cambian, se transforman, se desaparecen y vuelven a aparecer "que mundo tan errante y confuso" decía el niño mirando a su alrededor y con profunda depresión se agacha y se sienta mientras aquel sueño comienza a tornarse en oscuridad "Aquel que sufre por lo que le rodea, con regularidad sufre por el mundo que carga dentro de sí mismo" le dice una voz amable, familiar, una bella y suave voz, y con esta voz el sueño comienza a cobrar color una vez más, levantando su rostro el niño mira frente a él un animal tan extraño como colorido "no penséis en el caos que te rodea, mejor vive la serenidad que llevas dentro" dice el curioso y aterciopelado animal que se enciende en mil colores frente al niño "¿Qué eres?" pregunta el niño mirando a aquel animal de cabeza de murciélago, cuerpo de lagartija y una cola que parece crecer en un momento y encogerse al siguiente "no somos lo que digan que somos, no somos siquiera lo que decimos ser… somos sueños a la mar que se sueñan y se van" responde aquel animal y el niño solo lo puede mirar en profunda confusión "Dulce esencia de mis sueños, dulce néctar de mis dudas, si la respuesta tuvieras, ¿tendría yo la pregunta?" y antes de que el extraño animal pudiera terminar de hablar una centella, un sonido, una estrepitosa caída, el niño despertó con aquella alarma que viene acompañada de su madre gritándole que se arregle para ir a la escuela.

El niño se levanta, se lava la cara, se uniforma, va a desayunar y en todo ese tiempo solo trata de recordar su sueño, pues siente como si aquel sueño tuviera algo que decirle, algo importante, algo vital, algo que él necesita. Su padre le grita que se apure justo antes de lograr concentrarse para recordar el sueño o al menos alguna parte del sueño, por alguna razón lo único que recuerda del sueño es el caos, la oscuridad y que algo más paso que le dio un sentimiento de alegría. Su padre lo lleva a un edificio donde se lee en enormes letras "Escuela Primaria", el niño pasa la enorme puerta de entrada junto con cientos de otros niños cargando aquella pesada mochila, mientras se despiden de sus padres, el día pasa de manera lenta, el maestro habla de la historia del país, pronto pasa a matemáticas, ciencias naturales, el recreo empieza y los niños salen a jugar y comer pero no este niño, oh no, no este, él vuelve a intentar recordar su sueño mientras otros lo molestan, le dicen cosas por no unirse a jugar soccer, le gritan otras por solo sentarse en las escaleras, pero a él no le importa, solo desea poder recordar. Así que esa noche, el niño se duerme sin poder recordar aquel sueño, pero duerme solo pensando en eso y antes de darse cuenta se encuentra en un bosque, oscuro y como de costumbre con los objetos cambiando su forma o derritiéndose, entonces de entre la maleza, aquel extraño animal se asoma de nuevo lleno de colores y con esa forma tan anormal de sí mismo se acerca al niño "y si acaso la pregunta tuviera, mis oídos la respuesta escucharían, pues me encuentro cada mañana olvidando la noche, y cada día luchando para recordarla." Dice el extraño animal con una extraña sonrisa, el niño fascinado aplaude mientras el mismo bosque se va pintando de colores "Ignora mi desvarió, concéntrate en mi confusión, y por un vago minuto, explícame tu condición, amorfo amanecer de mi curiosidad, si tu nombre pudiera saber, mi mente lograría volar, más si tu naturaleza pudiera encontrar," pero entonces la voz de aquel animal se empieza a alejar como si repentinamente algo lo jalara, su voz se vuelve un susurro en la oscuridad que comienza a caer en el sueño y el niño despierta con su alarma y de nuevo el día da inicio y de nuevo no recuerda al animal que tan elocuentemente hablaba, ¡ánimo! Se decía y de algún modo se levanto. La escuela y rutina le esperan y la mañana pasa sin sorpresas, un sándwich, una manzana, un jugo de uva y un beso de su madre lo despiden con los gritos de su padre para que se apure, de nuevo el maestro le habla de eventos pasados, de aritmética, del mar y las montañas, el recreo inicia y los jugadores se acomodan, algunas niñas juegan también algunas solo ríen alrededor hablando de esto y de aquello, pero el niño de nuevo se sienta en la escalera tratando de recordar su sueño, forzando su menta a las palabras de aquel animal tan extraño que con inusual elocuencia le ha hablado.

De nuevo la noche cae, de nuevo el niño mira su techo tan solo pensando en ese sueño que le tiene despierto, que le tiene curioso, que le tiene con tal suspenso… y duerme, cerrando sus ojos se deja caer a los brazos de Morfeo y cae con sus ojos gentilmente cerrados y al abrirlos, puede sentirse cayendo en una infinita oscuridad pero que caída tan lenta y suave lleva, en un parpadeo aterriza y pasto crece bajo sus pies en un instante, como por arte de magia arboles aparecen a su alrededor y un bosque se forma, pero este bosque ahuyenta a la oscuridad al llenarse de colores aun cuando los arboles crecen de maneras extrañas y el suelo parece sacudirse como si le hicieran cosquillas y de un pequeño charco de agua un par de ojos aparecen y se levanta aquel animal tan extraño como siempre y tan colorido como nunca, como si cada vez que lo soñara su cola creciera y sus colores se hicieran más vividos, el niño mira con expectativa y el sonido del bosque se acalla como esperando las palabras de aquel animal "sin duda alguna, también mi felicidad, ¡oh! Misterio ancestral de mi nacimiento, misterio igual es el tuyo, mas cada vez que te veo, me respondo una pregunta y me genero mil nuevas, que tramara el destino al encontrarnos" dice al animal declamando aquella poesía con el niño fascinado frente a él y mirándolo en una pausa de un segundo continua mientras del bosque comienza a escucharse un eco, un susurro "será acaso una broma, o el inicio de un drama, quizás de misterio una novela trama, pienso, pienso, pienso y pienso, mas no encuentro el hilo que nos une, solo la cuerda que nos jala, en este caótico mundo, en este instante de profunda extrañeza, de profunda confusión, más mía que tuya, más te sientas y me miras sonriendo" de pronto los susurros del bosque se vuelven un grito absorbente en el que el animal es jalado con una sonrisa "¡vuelve!" le grita el niño "¡vuelve!" sigue gritando pero el bosque se desaparece en una oscuridad profunda y el niño abre los ojos recordando cada vez mas de aquel sueño y apagando su alarma, su madre le llama, su padre le grita, sus dos hermanitos lloran, una complicada mañana pero en este día el niño evoca su energía a mas que solo recordar el sueño, el ruido de esta mañana no le permite concentrarse y una vez más, solo sale, apurado por su padre, su madre y sus pequeños hermanos.

Llegando a la escuela el profesor le mira de manera especial, sin saber porque solo continúa su camino hasta su pupitre donde sus compañeros le molestan con cosas sin sentido, le dicen niña por escribir poesía, le dicen tonto por distraerse en la clase, le dicen bobo por no querer jugar con ellos soccer, pero él no les pone atención alguna, sencillamente su mente no está en ese mundo, oh no, su mente está en aquel sueño y piensa y piensa y escribe y escribe, de pronto su compañero más "popular" le quita el cuaderno en el que escribía las palabras de aquel animal pero en lugar de tratar de conseguirla de vuelta solo se sienta, respira y sin darle importancia alguna espera a que empiece la clase, su compañero comienza a leer en voz alta lo escrito como tratando de humillarlo pero sin lograr la reacción esperada se aburre y antes de que pueda aventarle el cuaderno a la cara, el profesor le quita el cuaderno y lo manda a sentarse de un grito, probablemente ninguno de los niños había visto al profesor tan molesto en sus cortas vidas, se sienta molesto como culpando al niño que soñaba despierto, el profesor le devuelve su cuaderno "me gusta mucho lo que escribes, continua escribiendo" le dice el profesor y como cualquier otro día la clase inicia con eventos del pasado, continua con aritmética pero hoy hay un giro inesperado, el profesor le llama: literatura y poesía, al niño le brillan los ojos y le timbran los oídos con las palabras que escucha de autores muertos, de poetas pasados, de filósofos y escritores, el recreo inicia y el chico "popular" de nuevo trata de molestar al niño que sueña despierto pero el profesor llama al niño, le habla de una competencia de declaratoria y poesía, "vendrán a la escuela y podrás leer tus poemas" le decía el profesor, pero el niño no estaba seguro de lo que estaba escuchando "escribo para mí, y para nadie más profesor" le dice el niño pero al ver la decaída inmediata en el ánimo de su profesor el niño voltea alrededor y en un acto inesperado hasta para el niño le dice "pero me encantaría que la gente escuchara algunas de mis poesías" y el día continuo sin más sorpresas.

La noche cae, la familia cena, los hermanitos corren sin control pero el niño, solo escribe sus vagos recuerdos del sueño, pero no es sino hasta que se recuesta y cierra los ojos en calma, que el mundo se desaparece, no hay nada, un vacío absoluto es lo que observa, ni luz, ni viento, ni nada, mira a su alrededor, solo hay oscuridad y nada más, comienza a caminar en la oscuridad pero nada se aparece, nada se forma, nada crece, nada se escucha, ni aquí ni en ningún lado "¡hola!" grita el niño en la infinita oscuridad, no oye nada en respuesta, la tristeza y soledad lo invaden cuando una voz conocida sale desde el fondo de la oscuridad como un susurro "¿Qué es la poesía cuando nadie la escucha?" pregunta esta voz mientras el niño se levanta con escasas lágrimas en los ojos "cuando nadie escucha la poesía que ha sido escrita, la poesía no es nada, es menos que nada, es una intención arrojada al vacío y nada más" completa la voz mientras de la oscuridad comienza a distinguirse aquel animal tan raro y colorido, acercándose lentamente hacia el niño y el niño lo entiende "no escribo para mí, escribo para la gente a mi alrededor, por su alegría, no por la mía, si bien escribo para compartir mis ideas, de que serviría compartir mis ideas conmigo… debo compartirlas con todos" dice el niño y no es un bosque sino una hermosa pradera, que se extiende por millas y millas, el cielo en una explosión de color y la tierra los árboles y las plantas, las flores el agua y hasta los colores del animal se llenan de vida junto con una sonrisa "y sonriendo te vas de mi vida, mas regresas cada noche, ¿cómo habría de llamarte?, ¿cómo podría yo conjurarte?, la oscura eternidad me invade, me rodea, me acosa y sigue, y entones tu arcoíris me conforta, quisiera una vez cuando menos, encontrarte, en lugar de que tú me encuentres, quisiera una vez cuando menos, escuchar tu nombre, ¡que jubilo seria eso!, que increíble casualidad, que anormal danza del destino, pero entonces en multitud" dice el animal haciendo una pausa a la cual el niño nota algo más, no es uno, ni dos, ni tres, son cientos de miles, como él, mira a su alrededor como salen de las plantas, del suelo, de los árboles, del cielo, cientos de miles de animales tan raros como el que enfrente le declama aquella poesía, todos distintos y todos de colores todos sonriendo unos más, otros menos, es una marcha un festival, todos bailan y festejan y de pronto… el silencio y sobresale la voz de aquel que le encontró primero "me gritas: ¡Alebrije, Alebrije, Alebrije! Somos sueños nada más, pasando aquí, pasando allá." Y el extraño animal, sonriendo hace una reverencia y junto al niño los miles de alebrijes aplauden, el niño también aplaude en ese mundo lleno de colores, lleno de un escándalo, lleno de fiesta y de pronto como si nada jamás hubiera pasado su alarma suena, pero es sábado, su madre no lo llama, su padre no le grita, sus hermanitos corren libres y entonces se levanta, no deja de escribir no se detiene ni un segundo, no quiere olvidar nada, no quiere soltar esa emoción.

Llega el lunes, la competencia de la que su profesor hablaba, hubo problemas tan solo para llegar como si el mismo destino tratara de evitarlo, pero al final ahí estaba, parado frente a un público, en un auditorio, con su profesor detrás, sonriendo, con sus padres escapando de sus ocupadas vidas por un día, con sus compañeros de clase en primera fila, con los jueces a unos pocos metros de él, toma un respiro, toma un silencio de momento, ya lo han presentado, mas no a su poema "mi poema, se llama "Alebrije"" dice el niño y calmando su mente, su cuerpo, su todo, mira aquella habitación y en su mente recrea aquella escena, con mil alebrijes bailando, con mil alebrijes saltando, con mil alebrijes gozando y mirando eso en su corazón, comienza.

-"Alebrije"-

- Dulce esencia de mis sueños,

Dulce néctar de mis dudas,

Si la respuesta tuvieras,

¿Tendría yo la pregunta?

Y si acaso la pregunta tuviera,

Mis oídos la respuesta escucharían,

Pues me encuentro cada mañana olvidando la noche,

Y cada día luchando para recordarla.

Ignora mi desvarió,

Concéntrate en mi confusión,

Y por un vago minuto,

Explícame tu condición,

Amorfo amanecer de mi curiosidad,

Si tu nombre pudiera saber,

Mi mente lograría volar,

Más si tu naturaleza pudiera encontrar,

Sin duda alguna, también mi felicidad,

¡Oh! Misterio ancestral de mi nacimiento,

Misterio igual es el tuyo,

Más cada vez que te veo,

Me respondo una pregunta y me genero mil nuevas,

Que tramara el destino al encontrarnos,

Será acaso una broma,

O el inicio de un drama,

Quizás de misterio, una novela trama,

Pienso, pienso, pienso y ¡pienso!,

Más no encuentro el hilo que nos une,

Solo la cuerda que nos jala,

En este caótico mundo,

En este instante de profunda extrañeza,

De profunda confusión, más mía que tuya,

Más te sientas y me miras sonriendo,

Y sonriendo te vas de mi vida,

Más regresas cada noche,

¿Cómo habría de llamarte?,

¿Cómo podría yo conjurarte?,

La oscura eternidad me invade,

Me rodea, me acosa y sigue,

Y entones tu arcoíris me conforta,

Quisiera una vez cuando menos,

Encontrarte en lugar de que tú me encuentres,

Quisiera una vez cuando menos,

Escuchar tu nombre,

¡Que jubilo seria eso!,

Que increíble casualidad,

Que anormal danza del destino,

Pero entonces en multitud me gritas:

¡Alebrije, Alebrije, Alebrije!

Somos sueños nada más,

 Pasando aquí, pasando allá.

Y termina aquel niño, quizás no fue el poema quizás fue la entonación, quizás fue el poema y no la entonación, quizás fueron ambos pues el público se levantó y en aplausos lo hundió, la sonrisa del niño no podría ser mayor y entre los aplausos de personas que jamás había visto el niño se bañó.

El niño soñó esa noche, soñó un sueño feliz junto a su alebrije "¿Por qué eres aterciopelado?" preguntó el niño a su alebrije que le acompañaba en una playa de arenas blancas y cielos coloridos "porque los sueños al soñarse son suaves y siendo yo nada más que un sueño soñado lo natural es que sea yo suave" respondió con una mueca parecida a una sonrisa "¿y porque son suaves los sueños?" preguntó curioso el niño "porque los sueños son frágiles ideas, concebidas solo de un puñado de esperanzas, tan suaves son los sueños al soñarse, que pronto de la vista se pierden al despertarse" dijo el alebrije agachando la cabeza como recordando todo lo ya olvidado "pero yo te recuerdo, igual que a mi sueño" respondió el niño de inmediato "y esos son especiales" contesto el alebrije "son de los que cada alebrije nace" completo y continuo poniéndose de pie "pero aun si lo recuerdas sigue siendo frágil, toma solo una decepción, olvidar que soñaste, pero no te entristezcas, el sueño que recordaste ya dio a luz a tu alebrije, y aunque no le veas siempre, el luchara para que no lo olvides, ni a tu sueño" el niño miro a su alebrije en aquel sueño y sonrió, comprendiendo la lección, creció, sin jamás olvidar, que nada es para uno mismo, toda acción, siempre, es por todos aquellos que nos rodean, algunos nos apoyan, otros tratan de derribarnos pero sin duda, algo que se hace solo para uno mismo, es una intención arrojada al vacío un sueño no compartido y eventualmente olvidado.

SEXTO CUENTO
PARA LA AVENTURA: LA MONTAÑA

Y erase una vez, una pequeña aldea, en un pequeño valle, rodeada por grandes selvas y grandes montañas, pero la más imponente de todas ellas, yacía al este de la aldea, le llamaban Huei-Cuetlapantli "la gran espalda" esto porque la misma montaña parecía ser un hombre de espalda robusta con la cabeza agachada, se decía que la montaña le daba la espalda al valle para mirar la salida del sol cada mañana, que glorioso amanecer podría estar del otro lado, que la montaña misma deseara verlo cada día.

Las historias de aquellos que se habían aventurado a las montañas siempre eran increíbles, fantásticas dirían algunos, hablaban de un desierto al norte, de una jungla rebosante de vida al sur, de criaturas salvajes llenas de magia, de animales que servían de guías para el perdido pero las historias siempre hablaban de retos imposibles hasta para el más experimentado guerrero, al final solo los más valientes o los más tontos de la aldea, iniciaban tan aterrador viaje, pero aun los más valientes o tontos evitaban un viaje en particular, solo un puñado de guerreros había visto la cima de Huei-Cuetlapantli, solo un puñado que solo regresaban para contar sobre la visión que tuvieron sobre de ella y luego… jamás regresaban, se cuenta que tan solo a las faldas de la montaña habitaba una bruja que devoraba a los incautos viajeros, se cuenta de un jaguar que hablaba en acertijos para confundir a los guerreros, se contaba de un grupo de cenzontles que cantaban advertencias para los oídos de los valientes y de colibríes que mostraban el camino a los que una misión mayor tenían, mil historias acerca de Huei-Cuetlapantli se contaban pero la más contada de todas, era la leyenda del nahual que en la cima recibía guerreros, siempre listo para mostrar su poderío y siempre listo para pelear se contaba de aquel famoso nahual.

Tilyucatl era un niño que miraba constantemente a Huei-Cuetlapantli, fuese curiosidad o quizás locura él constantemente le preguntaba a su madre la historia de la montaña, su madre con una sonrisa llena de amor se sentaba a su lado y se la contaba mientras su padre salía de caza "Un día, hace mucho, mucho tiempo, un joven cazador salió del valle en búsqueda de presas, el valle pasaba por un mal momento pues por alguna razón, las junglas alrededor parecían estar muriendo y los animales huían del valle que en ese momento parecía estar bajo el manto de la muerte, que a paso lento se acercaba, el joven cazador camino por un largo tiempo antes de notar una presa en el cielo… la primera presa en mucho tiempo, tomo su arco y su flecha, apunto a la feroz y libre águila que surcaba el cielo del valle y en un parpadeo, la majestuosa águila caía en picada, el cazador se sintió orgulloso de su logro al ver al ave caer" dice la madre y Tilyucatl parece molesto con el inicio de la historia "pero el cazador se equivocó ¿cierto mama?" pregunta el niño saltando por la pequeña casa hecha de barro y piedra, de un abrazo la madre lo toma y le sonríe "pues, el cazador no sabía que su caza no había sido un águila normal, cuando el cazador se acercó a recolectar su trofeo, en lugar de un águila herida, frente a el yacía una bella mujer con una flecha atravesando su brazo" le dice la madre "¡un nahual!" grita el niño festejando la entrada de lo que parecía ser su personaje favorito de la historia "así es" continua la madre "el hombre no comprendía lo que frente a él yacía, pero siendo el noble cazador que era, no dejaría a la hermosa mujer sola tirada y sangrando, oh no, el hombre la cargo hasta su choza donde retiro con cuidado la flecha, curo su brazo y" "¡y ella despertó!" grito el niño como si lo mejor de la historia estuviera por venir "muy bien" replico la madre entre risas por la emoción de su infante "ella despertó dentro de la humilde choza del cazador, mirando su herida curada y lentamente sanando miro al cazador, no era especialmente apuesto, no era especialmente fuerte, no era un guerrero, ni un general de renombre, era un simple cazador con una mirada profunda como la noche y vivaz como el sol, el cazador se disculpó por haberla herido, la joven pudo ver en el cazador a un hombre bueno y sabio para su joven edad, ella miro dentro de los ojos del cazador y entonces explico su profesión y su proceder" "¡nahual, maestra y guerrera!" grito emocionado el niño "¡exacto!" exclamo la madre sujetando al inquieto niño que se reía y festejaba, "ella estaba en el valle en búsqueda de un malvado brujo que estaba alterando el balance de la magia y matando lentamente al valle, al escuchar esto el cazador se ofreció a ayudarla, la mujer parecía insegura de llevar un mortal con ella, pero considerando su herida, acepto el apoyo del cazador y partieron de inmediato, adentrándose en la jungla" el pequeño se ilusionaba y brincaba por la pequeña casa sin parar "¿entonces nos protegen a nosotros mama?" pregunta el niño sonriente pero la madre solo se ríe un poco antes de continuar "oh cariño, ellos protegen todo, a las bestias que nosotros comemos, las tierras en que nosotros nos establecemos, protegen el flujo y el ciclo de las cosas, protegen la creación frente a ellos" le responde la madre con cariño, el niño sonríe igual sin importar cuantas veces la madre le dé siempre la misma respuesta como si lo olvidara cada vez que la historia inicia, la madre entonces carga al pequeño y sentándolo en su regazo continua con la historia "una vez que encontraron la morada del brujo, justo en medio de la jungla, rodeada de un pantano cuyo fango era negro y viscoso, alrededor se olía la muerte que acechaba ¿Cómo le derrotaremos? Pregunto el cazador al ver desde la maleza al brujo seguido de un jaguar y aun desde la maleza en que estaban ocultos, el aire mismo se respiraba pesado" la madre hace una pausa mirando la emoción del niño "¿porque te detienes?" pregunta el niño en reclamo, como si al dejar de contar la historia esta jamás terminara "ella tenía un plan" continuo la madre "una flecha con punta de obsidiana capaz de matar al brujo" el niño suspiro profundo y abrazo a su madre con fuerza "le entrego la flecha al cazador" "¿Por qué no la disparo ella misma mamá?" preguntó Tilyucatl interrumpiendo a su madre "porque ella estaba aún herida y le tenía gran fe a la puntería del cazador" explico la madre con calma y continuo su relato "entonces la mujer silbo en tono único y especial y a su silbido respondieron colibríes, con una sonrisa le deseo suerte al cazador y le recordó que solo tendría una oportunidad y con todo dicho salto fuera de la maleza que los cubría, corrió atreves del pantano, con la nube de colibríes cerca de ella en todo momento, el brujo salió furioso de su guarida, con su jaguar gruñendo a la herida nahual parecía reírse confianzudo de su destino "un nahual herido y una nube de diminutos colibríes, ¿con eso pretenden detenerme?" grito el brujo y entonces el jaguar salto al ataque, pero los colibríes probaron ser más eficientes de lo que el mismo cazador esperaba, revoloteando por aquí, obstruyendo la visón por allá" de nuevo la madre hizo una pausa acomodando y preparando la cena con el pequeño niño detrás de ella todo el tiempo "¿entonces que paso?" preguntó el niño una y otra vez hasta que la madre continuo con la historia "pues entonces el cazador apunto directo al corazón del brujo mientras la nahual tenía la atención de ambos, entonces el cazador disparo la flecha de obsidiana, la flecha voló a través de la maleza, entre los colibríes, por detrás del jaguar y directo al corazón del brujo… pero el jaguar alcanzo el cuello de la mujer al mismo tiempo, el cazador corrió al lugar mientras el jaguar se deshacía en una neblina y el brujo gritaba maldiciones mientras se esfumaba de la misma forma, el cazador miro a la vencida mujer que sangraba" la madre hizo una pausa al ver a su hijo derramar lágrimas como cada vez que llegaban a esa parte de la historia "pero tú sabes que paso ¿no es cierto?" le pregunto la madre y el pequeño Tilyucatl se limpió las lágrimas de los ojos "el cazador grito y pidió a los dioses piedad para la nahual y piedad para su valle que se podría a causa del brujo, así que Quetzalcoatl le escucho y le ofreció un trato" dijo el niño emocionado "salvare a la mujer y a tu valle, por tu ayuda prestada salvare al nahual le dijo la hermosa serpiente emplumada y para salvar a tu valle, de tu carne y tu sangre levantare una montaña sobre del podrido pantano completo Quetzalcoatl" y la madre juguetonamente levanto a Tilyucatl "¡y entonces se salvó el valle y al nahual!" grito el pequeño "así es, el nombre del cazador se ha perdido pero no su compromiso para con el valle, todos los días amanece y todos los días nos cuida" dijo la madre terminando su historia "se dice que aquella nahual aun cuida este valle también, pues se había enamorado del valiente cazador" "¡por eso nuestro valle se llama "Nahuayolotlan!"" grita el niño con emoción y la madre solo sonríe "que significa" "¡lugar del corazón del nahual!" interrumpe emocionado el niño "porque" "¡porque es el lugar donde el corazón del nahual se quedó!" de nuevo interrumpiendo con tal entusiasmo que la madre solo ríe y le abraza, por eso Huei-Cuetlapantli es la más alta montaña, porque la gran gentileza del cazador junto con su compromiso para con el valle fueron así de grandes, al otorgar su vida por la del valle" explica la madre "y como recompensa para su gente los dioses bendijeron este valle con todo el alimento, lluvia y sol que necesitamos" responde Tilyucatl a su madre que le abraza.

El tiempo pasó, Tilyucatl dejo de ser un niño para convertirse en un joven emprendedor, lleno de energía, pero con el paso del tiempo también la tragedia llego un día, tocando a casa de Tilyucatl, su madre enfermo como por arte de magia una mañana, ni su padre, ni el curandero de la aldea sabían que tenía ni mucho menos como curarlo, la pequeña aldea ya lloraba la perdida de una de sus más grandes maestras, pero más lloraba el joven Tilyucatl el hecho de que todos se hubieran dado por vencidos, no, para Tilyucatl era muy temprano como para darse por vencido.

Tilyucatl atravesó la montaña del norte y trajo hierbas del desierto esperando que alguna ayudara a su madre, cuando esto fallo Tilyucatl atravesó la montaña del sur hacia la peligrosa jungla y regreso con mil hierbas más, junto con mil nuevas heridas, pero nada funcionaba, ninguna hierba curaba a su madre y mientras todas sus nuevas heridas sanaban, Tilyucatl sentía que la herida en su corazón quizás nunca sanaría.

Y ahí estaba, el joven Tilyucatl a las afueras de la aldea aun contemplando la enorme montaña que en décadas no había sido escalada, "los que han ido y regresado solo regresan para hablar de su aventura… tal vez del otro lado haya algo que la pueda curar" piensa sin dejar de contemplar la majestuosidad de aquella montaña "suena a que hay un escándalo en la aldea desde hace unos meses atrás, serias tan amable en decirme ¿Qué es lo que está pasando?" le dijo a Tilyucatl una voz que parecía venir del pequeño muro de piedra, Tilyucatl dio un pequeño salto hacia atrás sorprendido cuando tras un par de segundos se asomó un viejo tras del muro "entonces, muchacho, me dirás que está pasando ¿o seguirás saltando como un capibara asustado?" pregunta el anciano que se asoma cansado sobre la barda "es mi madre" dice Tilyucatl acercándose al viejo "ella enfermo y no saben cómo curarla" continua mientras se sienta sobre la barda y junto al viejo que jamás había visto en la aldea, parece como si el viejo viviera en la jungla o peor, con ropas rotas y suciedad en todo su cuerpo, el viejo mira al bosque que rodea a Huei-Cuetlapantli contemplándolo como si buscara algo "¿conoces la leyenda de la montaña?" le pregunta el viejo a Tilyucatl que sonríe por un momento recordando las historias de su madre "si, si la conozco" respondió con una sonrisa "¿y conoces las historias que rodean la montaña?" le pregunto el viejo sonriendo a través de ojos llenos de locura "¿habla de que hay una bruja a las faldas de la montaña?" pregunto Tilyucatl y el viejo comienza a reír "¿y aun así estas considerando subir a la montaña?" le pregunto el viejo mirando al joven que lucía en su mirada un valor asombroso, el viejo supo que este joven subiría a esa montaña sin importar nada, aun si del otro lado no estaba la cura que él esperaba "en la cima de la montaña habita un nahual" le dijo el viejo "Cuautepochtli es su nombre" le dijo "la cura para tu madre sin duda el posee, pero solo pasando sus pruebas, la respuesta a tu predicamento te dará" le dijo el viejo pero cuando Tilyucatl volteo para preguntar por estas pruebas, el viejo había desaparecido.

Después de haber escuchado las palabras del viejo, Tilyucatl estaba más decidido que nunca a subir Huei-Cuetlapantli, tomo su arco y sus flechas, su lanza y un poco de agua y su largo viaje inicio como los demás, con su primer paso dentro del bosque que rodeaba a la enorme montaña. Tilyucatl llevaba consigo su coraje, su valor, su astucia, las historias de su madre y un saco con maíz. Conforme Tilyucatl se adentraba más en ese bosque, menos luz alumbraba su camino, los arboles parecían cerrarle el paso y las aves se volvían cada vez más agresivas como si trataran de hacerle regresar al valle, pero el joven Tilyucatl era valiente y decidido y sobre todo, Tilyucatl era asombrosamente comprometido, su madre lo necesitaba y eso era todo lo él necesitaba para no detenerse ante nada.

Al caer la tarde aquel bosque parecía más la entrada al Mictlan que el bosque que de niño el miraba con sueños de aventura, entonces de entre la maleza y la oscuridad una voz se dejó escuchar, no entendía lo que la voz decía pero se fue acercando hasta de pronto la voz fue clara "¡Ayuda!" gritaba la voz de una anciana "¡Ayuda!" se escuchaba a través del bosque y Tilyucatl corrió con su macuahuitl en la mano, listo para luchar contra lo que fuera, corre, brinca, esquiva las ramas, esquiva a los cuervos que tratan de alentarlo pero sigue sin parar y entonces frente a él, en un pequeño claro una anciana grita bajo de un tronco que no le aplasta pero tampoco le permite escapar, Tilyucatl guardo su macuahuitl y mirando a la anciana se acercó lentamente "oh, gracias a Ometeotl" dijo la anciana sonriéndole al joven que aún estaba inseguro de lo que debería de hacer "¿será la bruja?" pensaba "¿será que así los atrae para matarlos?" se preguntaba en silencio "pensé que pasaría mis últimas horas de vida bajo de un árbol" dijo la anciana mientras Tilyucatl pensaba en silencio "que forma tan patética de llegar al Mictlan ¿no crees?" continuo la anciana hablando cuando en los ojos de Tilyucatl algo se encendió "que importa lo que pase, si no la ayudo yo ¿quién la ayudara?" había tomado su decisión y usando su macuahuitl como una palanca levanto aquel tronco lo suficiente para que la anciana lograra salir, una vez que salió la anciana abrazo a Tilyucatl con cariño "gracias joven cazador, gracias, mientras recolectaba plantas y semillas ese frágil tronco se venció por el peso de un capibara que buscaba alimento" le explico la anciana y recogiendo su canasta llena de plantas y extrañas semillas lo invito a acompañarle a su hogar, Tilyucatl acepto pues la noche caía sobre del bosque y Tilyucatl temía a este bosque cuando la luna salía.

Caminaron entre las sombras de aquel bosque y entre la maleza que crecía por doquier pero en un parpadeo Tilyucatl miro como el sendero iba cambiando, de un oscuro y temible bosque a un sendero donde crecían, rosas, alcatraces, cempasúchil y mil flores más, por fin, con flores silvestres de todo tipo rodeando una pequeña choza por la cual un pequeño riachuelo pasaba, la anciana se acercó guiando a Tilyucatl hasta ella, abrió la puerta he invito al joven a pasar, Tilyucatl entro asombrado por la humildad en que la anciana vivía y la cantidad de colibríes que dormían dentro de la reducida choza "mi nombre es Miyolotl" decía la anciana cerrando la puerta y encendiendo una fogata al centro de la choza "yo soy Tilyucatl" y con las presentaciones por fin hechas una pregunta merodeaba la mente de Tilyucatl, sin embargo fue la anciana la que inicio el interrogatorio "¿y que hace un cazador subiendo esta montaña?" pregunto Miyolotl colocando en el fuego una olla de barro calentando el atole para el cansado viajero y para ella misma, "no soy un cazador, solo un hijo tratando de salvar a su madre" respondió Tilyucatl sosteniendo su recién servido atole, la anciana solo miraba a Tilyucatl con cierto anhelo en sus viejos ojos "¿y has oído las historias de la bruja que vive a las faldas de la montaña?" pregunto Miyolotl con una sonrisa inusual en su rostro "claro que las he oído" respondió el joven sonriendo y bebiendo su atole, la anciana con cierto cariño se sentó a su lado "¿y no temes que yo pueda ser esa bruja?" le pregunto "claro que ha cruzado por mi mente esa idea" respondió sorprendiendo a Miyolotl "pero qué sentido tendría temerle, es muy tarde para intentar huir y de ser la bruja que temo, pelear a estas alturas solo me depararía la muerte y no puedo aforar eso con mi madre enferma, mejor sería solo disfrutar con usted y reír un poco, quizás hablando con usted, recapacite y no me hechice o mate" contesta Tilyucatl y la anciana lanza una carcajada digna de una bruja "eres un joven inusual en muchos sentidos, me agradas" replico la vieja manteniendo el fuego vivo "aunque debo he de admitir, tiene muchos colibríes en este su hogar" dijo el joven arrojando sus suposiciones al fuego pero antes de que el silencio se adueñara de aquella choza el joven agrego "sin embargo, si acaso fuere usted la bruja, le pido que salve a mi madre y cualquier precio pagare" ¡pero qué propuesta! La anciana estaba atónita frente al joven que nada se guardaba, que nada se quedaba, todo lo daba y comenzó a reírse la vieja Miyolotl "pero que joven tan vivo" le dijo "que alma tan honesta" agregaba "estos colibríes son guerreros, cazadores, mercaderes y traidores que vinieron buscando fama, gloria o cualquier riqueza que pudieran, encontraron paz en esa forma en que los ves pero no fui yo quien los trasformo… en la cima de la montaña un nahual habita, y cuando sus pruebas fallas, en un colibrí te transforma, hasta que la lección quede clara" dijo la anciana y le dio un poncho para la noche.

En la mañana Tilyucatl emprendió su camino de nuevo hacia la montaña con tan solo un grito de la anciana "¡si te conviertes en colibrí, aquí te cuidare!" que amable mujer que curiosa su nobleza, de algún modo a Tilyucatl le hacía pensar en una reina o princesa, desde sus modales hasta la forma de hablarle, pero su camino continuo, mirando solo la cima de aquella montaña sin perderla de vista entre las sombras del bosque y las salvajes aves, antes de darse cuenta estaba caminando en la base de la montaña en una pradera libre y salvaje con el sol mirándolo detrás de la montaña con sus pies maltratados por el camino, y subió por las laderas, y subió por los barrancos, y subió por donde fuese que el pudiera subir, con las aves revoloteando a su alrededor, con las piedras lastimando sus pies, con salvajes bestias entorpeciendo su labor, sus manos sangrando por la ardiente escalada y el sudor nublando su mirada, por fin, el sol caía sobre su espalda mientras daba el ultimo estirón. Estiro su brazo una última vez y halo su peso con fuerza a la cima, y que cima, una cima cubierta de flores como un jardín y mirando aquella cima en cansancio, Tilyucatl vio a un hombre en medio de las flores mirando fijamente el horizonte, vistiendo una antigua armadura y un penacho de hermosos colores, con los brazos cruzados como si esperando algo del horizonte que caía "di tu nombre y el motivo por el cual has subido esta montaña" dijo el hombre sin siquiera mirar a Tilyucatl "¡mi nombre es Tilyucatl!" grito cansado "¡Y he subido buscando una cura para la enfermedad de mi madre!" grito de rodillas con fuerza a pesar de su cansancio pero aquel hombre, no se movió "di mi nombre si lo sabes" dijo aquel hombre pero Tilyucatl estaba agotado "¿nombre?" pensó Tilyucatl ¡cómo iba a saber el nombre de este hombre! El cansancio lo abrumaba cuando en su mente la imagen de su madre enferma lo atormentaba pero un recuerdo llego a su mente "¡Cuautepochtli!" grito con fuerza y cayó al suelo inconsciente.

Cuando Tilyucatl despertó, una hermosa joven le sostenía, su piel como el chocolate y una mirada profunda y comprensiva "aun no pasas todas sus pruebas, pero no tengo dudas en que lo lograras" le dijo esta joven dejando que Tilyucatl se levantara por si solo, que sorpresa se llevó Tilyucatl al mirar el cielo nocturno desde la cima de la montaña, cientos de miles de estrellas sobre de él, brillando con fuerza y al voltear la mirada, las luces de su aldea, pequeña, humilde y sin embargo llena de vida "¡Tilyucatl!" dijo el hombre jalando su atención de inmediato "has venido hasta la cima de esta montaña para curar a tu madre" decía Cuautepochtli "¿qué pasaría si yo no tuviera la cura?" ¡Que pregunta!, Tilyucatl no pudo evitar deprimirse por un segundo, pero dirigiendo su mirada al cielo estrellado tenía su respuesta "pasaría la montaña y seguiría buscando" Cuautepochtli abrió sus ojos y en su rostro se dibujó una sonrisa "¿no estarías molesto conmigo o con el viejo que te mando hasta aquí con la ilusión de encontrar esa cura?" pregunto Cuautepochtli pero Tilyucatl solo podía pensar en su madre "por supuesto que sí, pero estaría perdiendo mi tiempo si los culpara, debo mantener en mente que mi madre me espera y no hay tiempo para buscar culpables" la honestidad de Tilyucatl asombro a Cuautepochtli y mientras en el cielo las estrellas comenzaban a perderse en un brillo que venia del horizonte el escenario hipnotizo a Tilyucatl "esta montaña le da la espalda a tu aldea, ¿porque crees que haga eso?" pregunto Cuautepochtli, entonces Tilyucatl siguió aquel brillo hasta el distante horizonte y frente a él, un brillo entre rojo, naranja y dorado, resplandeciente, algo que jamás había visto en su vida, un lago interminable se extendía desde la base de la montaña hasta donde sus ojos podían ver "para poder ver este horizonte todos los días" respondió con lágrimas, algo había en esa vista que movía su corazón y no le permitía pensar, pero no le importaba, tanta belleza, ¿Dónde se había estado escondiendo? Pensaba ¿cómo es que no la habíamos visto? Se preguntaba "¿Por qué dejamos que el miedo nos privara de esta vista?" por fin concluyo Tilyucatl... Cuautepochtli tomo la mano del valiente joven, en su palma deposito un collar con el colmillo de lobo "los nahuales somos un espíritu dividido en dos cuerpos, uno es un humano y el otro un animal, cuando una mitad muere la otra pronto le seguirá, entonces el nahual enfermara hasta que muera, a menos de que pueda conseguir una parte de su segundo cuerpo, una pluma, un pedazo de piel, una garra... o un colmillo. Con eso el nahual podrá mantener su otra mitad cerca..." Cuautepochtli miro al joven Tilyucatl con cariño y continuo "lo que ves frente a ti se llama océano, el mar, infinito y enteramente azul... todos somos nahuales, cuando vemos en la belleza del mundo lo que debe ser protegido, lo que debe ser libre, cuando amamos incondicionalmente sin buscar culpables y cuando por sobre de todas las cosas, buscamos enseñar a otros la sabiduría que nos llena cuando en viajes y aventuras atravesamos el miedo para llegar a la alegría de estar vivos" Tilyucatl miro el collar sin entender del todo lo que había pasado, pero aquel amanecer sobre este océano, desde la cima de la montaña, parecía susurrarle a su corazón que era todo lo que necesitaba "disfruta tus nuevos dones, joven de los cuatro vientos y abrigo de los animales" y con esas palabras Cuautepochtli se transformó en una gaviota, voló hacia el horizonte que se levantaba sobre el mar "ahora es tu turno joven nahual, esta es tu montaña. En lo que enseñamos está el pasado, en la forma de enseñarlo, está el futuro, pero la alegría de enseñar… eso es el presente", la hermosa Miyolotl se transformó también en una gaviota y levanto el vuelo detrás de Cuautepochtli.

Pasaron varias semanas antes de que en una mañana aparentemente cualquiera, la madre de Tilyucatl despertó de aquella pesadilla que era su enfermedad, despertó aliviada, despertó contenta por alguna razón, pero lo más importante, despertó con un collar que jamás había visto, del collar colgaba el colmillo de un lobo, cerró los ojos como recordando viejo tiempos y sonrió a los aldeanos que contaban nuevos rumores acerca de un nahual que rondaba todas las montañas, protegiendo a los animales de los cazadores avariciosos que cazaban por diversión y no por la aldea. Se cuenta que Tilyucatl había muerto a manos del nahual y que había hecho enojar al mismo, que por eso ahora castigaba a los cazadores, pero su madre solo sonreía a los rumores y solo continúo enseñando en la pequeña escuela de la aldea.

La honestidad cuando se mezcla con valor, siempre da como resultado algo nuevo y emocionante pero ante todo, jamás se debe de perder de vista la cima de la montaña, pues el viaje puede ser largo, agotador y aterrador, pero mirando la cima, siempre tendremos energía para alcanzarla y siempre debemos de buscar la cima, no a los culpables de que no la hayamos alcanzado… aun.

SÉPTIMO CUENTO
PARA LA GENEROSIDAD: EL TIANGUIS

Que mañana fue esa en la que el joven José se levantó a punta de gritos de su madre "¡José!" gritaba con fuerza su madre desde la cocina "¡José!" Volvía y volvía a llamarle hasta que el adormilado joven se levantó a rastras de su cama jalando consigo su cobija por el frío matinal, "¡ay! hijo, necesito que te vistas y vayas a comprar carne para el desayuno, ¡pero corriendo!" gritaba la madre dándole cincuenta pesos y mandándolo a cambiarse, José miraba erráticamente el piso por el cual se tambaleaba para ir a su cuarto que compartía con su hermano menor Gabriel, José se cambió tan pronto como pudo, tomo el billete, lo guardo en su bolsillo derecho y como alma que lleva al demonio, salió corriendo del pequeño departamento cerrando detrás de él la puerta, la reja y su delgada sudadera.

José corría a lo largo de la calle campante revisando a cada paso el billete que le dio su madre como pensando si le sobrara dinero para un refresco o quizás algunas estampas para su álbum, la entrada al tianguis es la misma de cada fin de semana, atiborrada de gente junto con música ruidos y todo tipo de olores, mil comerciantes anunciando sus productos y miles de personas comprándolos, el tianguis se extiende por cuadras y cuadras pero José solo desea el puesto de carnes de Don Felipe.

Dentro del tianguis, cubierto del sol por las lonas; algunas moradas, algunas amarillas; los negocios, ruidosos como todas las mañanas durante tres o en algunas colonias cuatro días a la semana "¡llévele, llévele, llévele!" gritan por un lado "¡dos por uno!" gritan del otro "¡qué le vamos a dar Güerita!" se escucha por detrás, pero José está concentrado en su misión, pasa caminando a lo largo de los engentados pasillos, esquivando a compradores y vendedores por igual, por un corto segundo algo capta su atención, un sonido, no, una canción, se asoma a lo largo del pasillo interrumpiendo su trayectoria, es su amigo David "el perro" le dicen; el vende videojuegos y películas, pero la canción que escucha, es lo que inquieta a José, la reconoce, es de un videojuego que ha estado esperando desde meses atrás, se acerca lentamente con el dinero en la mano, curioso pero con toda la intención de no comprar nada, dentro de él hay una batalla candente "quizás mamá no note que falta carne" piensa mientras se sigue acercando aun con el billete por fuera de su bolsillo "¿es el juego por el cual te preguntaba la semana pasada?" pregunta José acercándose a su amigo que juega en la parte de atrás de su puesto con una enorme sonrisa "así es chaparro, ¿qué onda? ¿Te rifas el físico un rato?" le dice "el perro" extendiéndole un control y abriendo una portezuela para que esté detrás del mostrador con él "pero por supuesto, pinche perro" le respondió José entrando al local, apenas empezaban a jugar cuando José reviso una última vez su bolsillo… que sorpresa y susto se llevó al notar que el billete ya no estaba ahí, volteo asustado en todas direcciones y repentinamente lo vio puesto sobre el mostrador cerca de donde "el perro" ponía su cambio, así que una vez más tranquilo, sostuvo aquel control emocionado, apenas había creado la partida "el perro" cuando por el rabillo de su ojo, José vio a un niño mirando sobre el mostrador su billete "debería recogerlo de una vez" pensaba "debí quitarlo de ahí" se decía con esa voz interna que nos azota a todos justo antes de comprender un error fatal, pero dejo de prestarle atención al niño y se concentró en su juego mientras "el perro" seguía haciéndose promoción gritando cada tantos segundos y volteando para preguntarle a los curiosos lo que buscaban, pero en tan solo un parpadeo José vio al niño repentinamente extender su mano en un salto, alcanzar su billete y salir corriendo como el viento, José no espero ni un segundo, volteo a ver a su amigo "el perro" que también lo miraba desconcertado "¿viste eso?" le pregunto su amigo y antes de que una risa empezara a llenar el local "¡ese morro se llevó tu dinero!" grito "el perro" y José salió brincando el mostrador replicando "¡si, si lo vi!" a todo pulmón, volteo a su derecha y logro distinguir al pequeño ladrón corriendo entre las piernas de los compradores a tal velocidad que José solo pudo pensar una cosa "no lo voy a alcanzar" y a pesar de ese pensamiento que se dio en una milésima de segundo, José se arrancó esquivando a toda velocidad a la gente mientras gritaba con todas sus fuerzas "¡agárrenlo que es ratero!" pero cuando la gente volteaba, siempre buscaban a un hombre corriendo, no a un niño de la mitad de su estatura que pasa casi entre sus piernas, así que los compradores y mercaderes solo miraban al agitado José con aquella expresión que fácilmente denota "ni se cómo ayudarte, ni estoy seguro de quererte ayudar" pero poco importaba la falta de ayuda, José corría y corría detrás de aquel niño, hasta que en una vuelta por fin, le perdió de vista, "¿qué hare ahora?" se preguntaba desesperado José "¿para que fui a jugar ese estúpido juego?" se culpaba. Recuperaba lentamente su aliento mientras a su alrededor la gente solo pasaba de largo, como si el no existiera, "mi mamá, me va a matar si ve que llego sin la carne" continuaba sumiéndose en la desesperación "pero será peor cuando le diga porque no traje la carne" pensaba mientras casi sentía las lágrimas en sus mejillas, tal desesperación normalmente se reserva para los adultos cuando lo han perdido todo, pero para un joven de la edad de José, cualquier evento se puede volver una total tragedia. Y ahí, arrodillado sin saber qué hacer, frente al puesto de frutas de la señora Martita quien no levanto un dedo hasta que uno de sus clientes le hizo hincapié en el joven que parecía llorar frente a su puesto, la señora Martita normalmente es tremendamente amable; sin embargo, fue apenas ayer que el doctor le había diagnosticado diabetes, así que en realidad no estaba de su usual buen humor; la señora Martita salió de su puesto y mirando al joven José le dijo "¡fuera de aquí chamaco llorón! ¡Que no ves que molestas a mis clientes!" o mejor dicho, le grito, José se levantó mentando madres y con lágrimas en los ojos, camino por el tianguis sin rumbo hasta que se encontró frente al puesto de carne de Don Felipe "¿y ahora que fue lo que te paso enano?" le pregunto Don Felipe mirándolo desde su mostrador lleno de carne fría y extrañamente bien conservada, José se acercó aun con ojos llorosos y le conto a Don Felipe su triste historia, le conto como se despertó esa mañana, le conto como su madre le dio el dinero, le conto como su madre le confió esa tarea, le conto de su padre y de su hermano, le conto de su familia a en general, de cómo no tienen mucho dinero pero siempre se las han arreglado. Se desahogó por completo mientras Don Felipe le escuchaba atento a pesar de los gritos de los vendedores y demás ruido, Don Felipe miro al desesperado José, saco una pluma y en un pedazo de papel escribió algo "¿Cuánta carne te pidió tu madre?" pregunto Don Felipe y los ojos de José se iluminaron repentinamente "no me malinterpretes, no te voy a regalar nada chico" dijo Don Felipe mientras envolvía varios kilos de carne, los amarraba y con un laso amarro el delicioso paquete. "Ve y entrégale este paquete a Don Raúl, te pagare quince pesos por la entrega, oh y dale esta nota" dijo Don Felipe entregándole el paquete y una hoja de papel doblada, José no estaba seguro de lo que estaba pasando, recibió el paquete y empezó a caminar con aquella nota, mirándola "¿que habrá escrito en ella?" se preguntaba "¿será no más que la nota del precio a pagar?" pensaba esquivando a los mercaderes desesperados por vender "si, eso debe de ser" se convenció y guardo aquella nota junto con sus recién ganados quince pesos cuando una duda mortal le ataco "¿pero que estoy haciendo? Mi madre y mi familia me esperan" se dijo "pero… ¿qué les diré de todas formas?" se deprimía y mientras discutía consigo mismo, repentinamente estaba frente al puesto de Don Raúl; quien vendía los más deliciosos tacos de todo el tianguis; como de costumbre, el lugar de Don

Raúl estaba lleno y con él al centro de todo sacando las ordenes de los hambrientos o crudos clientes "¡pásele, pásele que va a llevar!" grita desde su parrilla el corpulento Don Raúl mientras sus sobrinas pasan cobrándole a los clientes que terminan de comer, Don Raúl baja un momento la mirada para ver al joven José que parece profundamente confundido y asustado, Don Raúl deja su parrilla un momento, se limpia las manos y mirando al jovencito que aun parecía discutir consigo mismo le pregunto "¿Qué sucede chaparro? ¿Qué te traes el día de hoy?" José levanto la mirada pero solo logro entregarle el paquete junto con la nota mientras volvía limpiarse las lágrimas por el dinero perdido, Don Raúl abrió la nota primero y la leyó con detenimiento, se dio la media vuelta y en su bascula peso la carne "¡pero que idiota!" exclamo Don Raúl, levanto una parte de la carne y la coloco en su parrilla, el resto la volvió a envolver en el papel y junto con la nota se la devolvió a José "parece que ordene carne de más otra vez" dijo regresando a su parrilla "¿y que debería hacer con esto?" pregunto José mirando consternado la parrilla de Don Raúl "ehm, lo que quieras, esa carne ya no es de Don Felipe y detesto que me sobre producto" respondió efusivamente sin dirigirle la mirada pero José corrió con Don Felipe, esperando poder regresarle esa carne que de cualquier forma no completaba la cantidad que su madre le había pedido "¿y ahora? ¿Qué rayos te paso? ¿No te dije que le llevaras eso a Don Raúl?" le pregunto Don Felipe mientras cortaba más carne "si, pero dijo que otra vez había ordenado de más y… y que no le gustaba que sobrara producto" respondió José poniendo aquella carne sobre el mostrador "y te dijo que podías hacer lo que quisieras con ella, ¿cierto?" exclamo Don Felipe y bajo un silencioso "si" Don Felipe exploto en una carcajada que silencio a los mercaderes más cercanos por completo "y escogiste regresármela" completo Don Felipe aun riéndose pero José solo se encogía dentro de sus hombros "pues bien, te has ganado esto" dijo Don Felipe abriendo el paquete he introduciendo la cantidad que la madre de José le había pedido, lo cerro y junto con la nota que agrego se la arrojo al joven José que no entendía que había pasado "tu honestidad no tiene precio, jamás la pierdas o vendas" le dijo y lo mando a casa con el pedido de su madre, José corría por el tianguis con nuevos bríos y una sonrisa inviolable cuando a las afueras del tianguis José reconoció al niño que le había robado, estaba dándole a otros niños más pequeños que el mismo algo de comer, José supo entonces en que había sido usado su dinero, se acercó y el pequeño de inmediato se recluyo haciéndose bolita, como si ya solo esperara los golpes, pero José solo le extendió la mano y le dio los quince pesos que había ganado junto con la nota sin leer de Don Felipe "ve con Don Felipe y dile que José te mando, no olvides darle esa nota primero" le dijo y el confundido niño sin saber leer abrió la nota, no reconocía ni una letra pero junto con sus hermanos corrió dentro del tianguis y dándole la nota a Don Felipe sonrió y dijo su línea "me manda José", Don Felipe le miro con extrañeza por las ropas viejas y rotas pero se limitó a ver aquella nota que adentro solo decía "Este es un buen chico, ayúdame a ayudarle".

OCTAVO CUENTO
PARA LA REFLEXIÓN: EL RELOJERO

Fue en el centro de la ciudad, donde en abril le conocí, oculto entre los callejones de siglos de antigüedad y a través de los cuales puedes sentir la ciudad respirar, en un rincón olvidado por el tiempo y tal vez así es mejor. Fue en aquel abril de mi juventud en que esperando pagar deudas de estúpida procedencia; hablando de ello... ya no recuerdo los motivos de las mismas, solo la infinita necesidad de pagarlas a causa de las amenazas constantes a mis piernas (y a mis brazos y pulgares); como sea que haya sido el caso, para pagar aquellas deudas había distintos trabajos para alguien de manos rápidas y agiles, tal era mi orgullo en mis manos y su capacidad, que solía susurrar con aquellos que a mi lado se sentaban "no hay seguro que no pueda abrir, ni cartera que no pueda tomar" que pobre, iluso y desdichado, que desgraciado sin futuro.

Era Febrero, lo recuerdo bien porque mi padre me grito con fuerza a causa de mi cumpleaños y el regalo que me había dado era independencia (según él), me hecho de la casa sin más ni más, pero ya estaba acostumbrado, no era raro ni mucho menos; mi padre solía sacarme cada año en mi cumpleaños con la frase "si yo pude, tu puedes", nunca estuve del todo seguro de a qué se refería, solo entendía que estaba de nuevo en las calles. Esas calles fueron mi madre y mi hogar, no había punto de ellas que no conociera, ni casa que no hubiera abierto para robar... o al menos es lo que solía creer en ese entonces.

Como decía, era Febrero cuando en problemas me metí o tal vez los problemas venían desde diciembre a acosarme... cualquiera que haya sido el caso, no era nada nuevo, lo habitual, pedir refugio y dinero a las personas equivocadas (a veces me pregunto si acaso ¿hay personas correctas para pedir eso?) ahora como pago, abriría un par de casas, sacaría un par de carteras, lo necesario para conservar mis piernas en un estado en que las pudiera usar. Eran finales de Febrero cuando me pidieron el primer "favor", la casa era antigua, gastada pero bien cerrada, solía ser una vecindad, en ese momento no tenía idea de para que rayos querían entrar a ese lugar, el mismo gobierno lo había cerrado, probablemente lo demolerían en unos días, pensaba, como sea, el candado fue normal, no tuve problemas en abrirlo, la reja ya estaba oxidada así que me fue sencillo entrar, me raspe contra el oxidado metal pero no importaba, solo importaba lo que me habían pedido y como olvidarlo "en el tercer cuarto a tu izquierda, el cuarto le pertenecía a una anciana, toma la caja de música que estará en su armario" habían dicho "esto esta raro" me decía aquella voz en mi cabeza que no me dejaba en paz, el lugar abandonado y en aquella oscuridad... parecía embrujado, podía escuchar mi corazón latiendo con fuerza mientras las sombras a mi alrededor se movían y se movían, que terror sentía, dios, que horror me invadía, que agonía me forzaba a seguir caminando por aquel oscuro pasillo que parecía extenderse en oscuridad con cada paso que daba, saque mi lámpara, pequeña y poco útil en realidad, pero con lo que disipaba de esa oscuridad me bastaba, puedo recordar que todo lo que deseaba era regresar a la calle, oh como deseaba tomar esa caja y solo irme, "tercera puerta a la izquierda" pensé o tal vez lo susurre mirando una puerta tan grande y amplia que parecía mentira, mire el seguro de aquella puerta y puedo recordar que me causo risa, tome mi confiable navaja y abrí la puerta en un santiamén; oh, si hubiera sabido lo que estaba por desencadenar al tomar aquella caja, probablemente igual lo hubiera hecho; empuje la pesada puerta de acero que rechino con tan horrible fuerza que mis rodillas temblaron y estoy bastante seguro, que un pequeño y afeminado grito deje salir de mi garganta, habría jurado que las sombras se movían cuando esa puerta se abrió, mire dentro de aquel cuarto apuntando con mi pequeña y casi inservible lámpara de dos pesos comprada en el metro, nada, polvo, todo lo que era, ya no era, el buró roto, la cama deshecha, objetos aparentemente importantes reducidos a basura y olvido.

Camine sobre los recuerdos de esta persona, sus viejas fotos, sus viejos objetos y por fin al final del cuarto… su viejo armario, mire el armario preguntándome por última vez si lo que hacía era correcto o si por lo menos valía la pena y una última vez mire mis piernas "lo siento tanto" pensé mientras abría aquel armario, mil insectos salieron volando, de nuevo de mi garganta salió un grito (de nuevo un tanto femenino para mi gusto) y retrocedí cayendo en la gastada cama que pronto se rompió y me dejo caer en una cantidad de polvo e insectos que mi afeminado grito se volvió un profundo sollozo, respiraba rápido, me retorcí y finalmente me sacudí, me sacudí un largo tiempo, me revisaba y me revisaba, quería asegurarme de que ya no tenía insectos encima "¿tanto valen mis piernas?" me pregunte por un segundo, pero antes de que mi mente me respondiera, mire dentro del armario y algo brillaba al fondo, me acerque con cautela pues seguía esperando que algo horrible saltara de las sombras para pararme el peor susto de mi vida (sin embargo el peor susto de mi vida llego mucho más adelante en mi vida), pero al extender mi mano hasta el fondo de aquel armario, solo encontré una pequeña caja de madera, maltratada, empolvada y rota, mire como los engranes se salían y el resorte que controlaba el tiempo de la cuerda estaba oxidado y roto, no importaba, tome la caja y la guarde en mi mochila, tome mi miedo y salí caminando de aquella vecindad, cerré lo que aún quedaba de la reja y volví a poner el candado, la luna alumbraba la calle con gentileza y el viento de la noche solo trajo un par de oficiales a mi lugar, me escondí entre los botes de basura, ellos hablaban de "esto" y "de aquello" no puedo recordar con seguridad su charla, estaba más preocupado por que no notaran mi presencia, el resto de la noche fue lo que debía ser, dormir aquí dormir allá, dormir donde sea que me sea posible dormir.

Al día siguiente fui a darles aquella caja, el jefe de jefes la tomo, rompiendo la tapa y destruyendo los engranes introdujo su mano hasta alcanzar lo que parecía ser una llave y una pequeña tarjeta de madera con algo escrito, yo me limite a mirar, me agradecieron y Febrero termino, a mediados de Marzo fue que me entere de una fortuna reclamada por aquel hombre, por aquel jefe de jefes, no había que ser un genio para ver lo que había hecho por él "pero que imbécil" me dije mientras le platicaba a mi amigo el "Asco", pero mi amigo solo se reía, bueno, nos reíamos, "¡qué más da!" me decía sujetándome por el hombro y caminando por las calles que respiraban gente y más gente, nos reíamos y nos reíamos hasta que llego Abril, que terror fue ver Abril llegar junto con el siguiente "favor", me llevaron a una calle que no conocía, tan oculta estaba aquella calle que me pareció increíble ver una relojería tan al centro de la ciudad, tan al centro de todo y tan oculta por todo, como si la ciudad misma la cuidara y resguardara, fue la noche del tres de Abril cuando a las afueras de aquella relojería estaba yo, mirándola solo, mirándola, pensaba en la petición de esta ocasión "el reloj de madera más grande, por dentro del mismo una portezuela encontraras, ábrela y saca la pequeña caja y tráenosla" "será otra fortuna" pensaba mientras una vez más la luna me iluminaba, mire con detenimiento la relojería que yacía tan oculta al centro de todas estas calles, pensaba en lo bien que conocía las calles y por primera vez en mucho tiempo por mi cabeza paso un pensamiento tan curioso como aterrador "¿Por qué no te había visto?". Espere hasta que la calle quedo tranquila, callada, sin gente, solo las patrullas pasaban, conté los minutos que les tomaba ir y venir lo tenía medido, una vez más la adrenalina corría por mis venas en la anticipación de correr por mi vida, la patrulla se fue y la calle quedo vacía, la luna brillaba mientras sacaba mi navaja y abría la puerta de la curiosa relojería, el seguro fue difícil, y siempre estuve volteando para asegurarme de que mi único compañero fuese la luna, por fin el seguro se rindió y abrí la reja, tenía que apresurarme, la patrulla regresaría en cualquier momento, la puerta se resistió mucho menos que el candado de la reja, recuerdo haber pensado en romper el seguro de la reja debido a lo complicado que fue abrirla, una vez adentro lo único que pude pensar fue en el tiempo que ya me había tomado entrar… iba retrasado, cerré la reja y la puerta detrás de mí, me agache y comencé a buscar en las sombras de la extraña relojería, relojes de muñeca, relojes de pared, relojes cucú, relojes que me hicieron reír y me asustaron, el tic tac que me rodeaba me acosaba pero mi meta era clara a pesar de ese molesto sonido, era como si cada tic me culpara y cada tac me juzgara, el mostrador estaba lleno de piezas para relojes y baterías, levante la mirada y encontré aquel reloj detrás del mostrador, no podía perder más tiempo pero entonces escuche pasos dentro de la tienda "¿pero qué rayos?" recuerdo haber pensado "¿Qué vive aquí?" seguía pensando mientras buscaba donde esconderme pero no encontré ningún lugar, me tire detrás del mostrador como mi última opción cuando un hombre mayor paso por la puerta detrás de todos los relojes, "¡la tienda estaba dividida en dos partes!" pensé mientras deseaba morirme, "¿cuantos años estaré en el reformatorio esta vez?" me preguntaba mientras rezaba no ser encontrado, mirando a ese momento solo puedo pensar en lo idiota que había sido, el hombre me encontró hecho bolita detrás de su mostrador, se agacho y solo me pregunto "¿Qué haces aquí? Y ¿Cómo entraste?" de que servía mentir a estas alturas, todo lo que el hombre tenía que hacer era una llamada, para bien o para mal estaba a su merced, no vi sentido alguno en mentir "abrí la reja con una navaja y la puerta no presento resistencia" dije sin pensar tratando de no llorar en el proceso "ya veo… ¿y lo que haces aquí es?" me pregunto el hombre con tal tono de seriedad que no estaba seguro de que pasaría "vine a petición de un hombre, para robarle algo que probablemente no sabe que tiene" el hombre me miro, pero hasta ahora es que sospecho que lo que miro eran mis ropas rotas y mis viejos tenis "¿qué te parecería aprender a ser relojero?" me pregunto encendiendo las luces, que risible idea era esa para mí, que ridiculez, pero fue a partir de aquel día que frecuente una relojería oculta en el centro de la ciudad cuyas calles respiraban gente.

Después de unas semanas el jefe de jefes me llamo y pregunto por su caja, le respondí lo que sabía en ese momento "la noche que entre para robar aquel objeto el relojero me encontró y después de hablar con él, me ofreció un trabajo con él, lo he tomado, pero no olvide tu trato, sin embargo debo confesarte que cuando abrí aquel reloj con ayuda de este hombre nada había dentro, si es que sientes que te miento puedes venir en persona por mí, de cualquier forma aquí termina mi contrato contigo, tengo el dinero que te debo y lo pagare todo de inmediato", aún recuerdo como me temblaban las piernas mientras le respondía por el teléfono.

Esa misma tarde llego el jefe, mirando alrededor buscando "su" reloj, aquel hombre lo recibió como a cualquier cliente, dos hombres armados lo acompañaban pero el relojero sabía todo, pues todo le había confesado, el jefe me miraba constantemente como revisando mis nervios que recuerdo perfectamente, se me quebraban las piernas por dentro y desde el fondo de mi alma solo quería llorar, pero por fuera, seguridad absoluta y ni rastro de miedo, saque el dinero que le debía y lo puse sobre el mostrador "considerando los intereses tu deuda ha subido bastante" me dijo "si, lo supuse" respondí mientras casi me orinaba en mis pantalones, conto el dinero y levantando una ceja, sonrió (aquella sonrisa siempre me pareció diabólica) "parece que tiene un aprendiz muy honesto" le dijo el jefe al relojero que solo le sonrió y con la cabeza asintió, el jefe de jefes salió de esta tan hermosa tienda que junto a las calles respiraba gente en el centro, mire al relojero que me había salvado de las calles, que me había salvado del reformatorio y que me había mostrado un mejor uso para mis hábiles manos, resulto ser que yo era un excelente relojero, pero que había ocurrido con la caja que aquel hombre buscaba, bueno, déjenme decirles, pasaron casi cuarenta años antes de que una tarde de domingo me encontrara con una fotografía detrás de una tabla que dividía aquel reloj en dos partes, aquel reloj donde se supone estaba la caja, el relojero siempre me dijo "no vendas ese reloj" y aun desde la cama en que murió "es especial" continuaba, pero nunca en realidad lo entendí, nunca en realidad, así que hice lo único que se me ocurrió, sencillamente nunca lo vendí, pero divago, aquella foto la reconocí, era aquella anciana con el relojero, la anciana cuya caja de música yo había robado años atrás, y escrito en la parte detrás de la fotografía un número de cuenta junto con una nota "un buen relojero no ve los relojes, sino el tiempo detrás de ellos, tiempo que la gente necesita, ya sea para jugar, para estudiar… o para cambiar, pues nunca es tarde para empezar, y es que veras, todos los relojes, al igual que los días, al llegar a las doce, vuelven a empezar", done la fortuna con la que me encontré, no la necesitaba, hoy soy relojero, de una tienda oculta al centro de una ciudad, que como las calles que le rodean respiran gente en cada tic tac, reparo relojes, vendo oportunidades y sonrió con cada día que siempre vuelve a empezar.

NOVENO CUENTO
PARA LA DIVERSIÓN: CAMPAMENTO DE VERANO

Qué momento tan único es el verano, en verdad y aún más para los niños que lo saben explotar, no paran ni un segundo a lo largo de todo el día y es por eso que un día o quizás fue una tarde a alguien en algún lugar, probablemente se le ocurrió "campamentos de verano" o posiblemente fue a muchos a los que se les ocurrió, cualquiera que haya sido el caso, un hecho prevalece, los campamentos de verano existen y los niños asisten a ellos, los disfrutan al máximo igual, corren, gritan, saltan, bailan, cantan y todo tipo de cosas que los niños hacen pero no así la joven Julieta, oh, no, ella estaba en un campamento según ella, porque sus padres no deseaban lidiar con ella durante el verano, "cuatro semanas de libertad para mis padres" decía ella mientras bajaba del camión que la había llevado por millas y millas lejos de su cómodo hogar, a diferencia de los niños que bajaban campantes de los camiones y corrían y se reunían con otros gritando en emoción, Julieta solo deseaba regresar a su casa, donde podía estar sin necesidad de hablarle a nadie, pero en este lugar rodeado por hectáreas de bosque no había forma de hacer nada y ver las cabañas en que se quedaría no le animaba más, en realidad le deprimió al punto en que solo se recostó con la cara metida en la almohada para comenzar gritar, ¡qué suerte la de Julieta! Que al levantar la mirada, frente a ella se encontraba la consejera de su cabaña, solo sonriéndole "esto no es lo que parece" dijo Julieta esperando que la aparentemente amable consejera no llamara a sus padres "entonces, ¿no te gustan los campamentos de verano?" pregunto la consejera sentándose en la cama frente a Julieta, usando una sonrisa que era en parte misterio y en parte alegría, tratando de explicarse Julieta balbuceaba y balbuceaba pero al final nada logro explicar, pero poco importo, "me llamo Ana y seré tu consejera, te vas a divertir, te lo prometo" dijo la amable consejera levantándose de la cama y saliendo de la cabaña "no olvides asistir a la ceremonia de apertura" completo, antes de salir.

Que emotiva fue la ceremonia en medio de los árboles que imponentes se levantaban alrededor de los niños. El director del campamento; un corpulento, calvo pero extrañamente animado hombre; les dirigió palabras muy bellas acerca de la vida y de cómo al recordar estos campamentos una vez que se volvieran adultos, este sería un recuerdo muy grato y de la alegría que era aprender a mirar el bosque y ver vida a todo tu alrededor, pero los niños siendo niños no habían escuchado una sola palabra, solo una solitaria niña escucho atenta el discurso, solo una pequeña niña de doce años de edad de nombre Julieta tenía los ojos llorosos pues al mirar al futuro ella sentía que recordar un campamento forzado sería más una tragedia y solo mira a su alrededor; notando como sus compañeros juegan y se distraen, el director del campamento termina su discurso bajo solamente una frase "disfruten este precioso tiempo, que es de ustedes y de nadie más" "¡que palabras!" pensaba Julieta, claro que ella solo pensaba en lo que estarían haciendo sus padres sin ella para molestarlos, que tragedia se vivía a si misma cuando solo podía pensar en un lugar en el que no estaba y el lugar en el que estaba se desvivía en quejas y soledad. Julieta se anexaba a los equipos se unía para jugar los juegos pero nunca los jugaba de verdad, así que una noche durante la fogata que brillaba a las historias de los alegres campistas, Ana llamo a Julieta al bosque que les rodeaba "siento que aún no estas disfrutando de este lugar" le dijo Ana con una seriedad inusual "y que importa, de igual modo a ti te pagaran" le replico enojada Julieta, pero Ana permanecía tranquila y calmada "no te preocupes, disfrutaras del campamento, este bosque posee una misteriosa forma de llevarnos de la mano para vivir de verdad" le dijo Ana y a travesando la oscuridad que parecía levantarse entre los árboles, se fue "¿quién se cree?" se decía así misma Julieta refunfuñando y gruñendo levemente, cerrando los ojos molesta se dio la vuelta y empezó a caminar "yo ni siquiera quería estar aquí" se repetía en voz alta "este bosque posee una forma de llevarnos de la mano para vivir de verdad" decía imitando a Ana con una voz alta y moviendo los ojos en burla, pero entonces, una fuerte corriente de aire, bajo por los enormes pinos que le rodeaban, despejando el cielo nocturno sobre de ella y mirando a su alrededor se dio cuenta de una terrible verdad… estaba perdida, volteaba a la derecha, volteaba a la izquierda, volteaba al frente y regresaba su mirada a sus espaldas en busca del sendero al campamento "¿pero qué ha pasado?" se preguntaba "¿porque esto me tiene que ocurrir a mí?" replicaba al cielo nocturno, como esperando que una luz bajara y le iluminara el camino de vuelta, pero nada pasaba, paso una hora caminando sin rumbo en la oscuridad antes de renunciar a su orgullo y empezar a gritar por ayuda, pero el bosque solo respondía con un fuerte soplido que parecía intentar hablar al pasar entre los arboles "moriré" pensaba Julieta "seguro moriré" se decía mientras el frio de la noche detuvo su caminata y le bajo al suelo donde se sentó a intentar calentarse, entre fuertes respiros dejo de gritar por ayuda y solo lograba pensar en sus padres, pero no en lo que estarían haciendo sin ella sino en todo lo que ella quería hacer con ellos, empezó a pensar en los parques que no visito con ellos, en el tiempo que ella no les pidió y en el que ella misma llego a rechazar, que tortura es pensar en tu muerte y encontrarte con lo mucho que deseas vivir, Julieta estaba desolada en aquella infinita oscuridad… y entonces, de entre los arbustos, una voz suave y amable se dejó escuchar "¿por qué lloras?" pregunto la voz, Julieta dio un brinco y abriendo sus llorosos ojos miro alrededor "¿Quién está ahí?" pregunto a gritos y los arbustos se sacudieron rápidamente "¿Ana?" preguntó retóricamente pues muy bien sabía que esa no era la voz de Ana "¿Por qué lloras?" volvió a preguntar la voz desde la oscuridad de los pinos pero Julieta tenía más miedo de responderle a esa voz que de la oscuridad y el frio que le calaban los huesos "¿Por qué lloras?" Continuo preguntando la voz, siempre al lado de Julieta, pero siempre que volteaba no había nada ni nadie, Julieta empezó a correr entre los arboles llorando y gritando como esperando que sus padres la estuvieran esperando en el siguiente arbusto pero la voz la seguía de cerca siempre preguntando lo mismo "¿Por qué lloras?" y siempre tan cerca de su oído que le provocaba escalofríos, por fin, cansada y aterrada como jamás había estado en toda su vida, tropezó, su llanto continuaba y junto a ella una vez más "¿Por qué lloras?" pregunto la voz una vez más "¡porque estoy asustada y no sé dónde estoy!" grito Julieta con todas sus fuerzas "¡porque temo que no veré a mis padres de nuevo!" continuo desahogándose a esta voz que desde el bosque le hablaba "¡porque no quiero morir!" y entonces solo hubo silencio, solo el sollozo de Julieta se escuchaba junto al viento que surcaba las copas de los árboles "entonces no tienes por qué llorar" dijo la voz de entre los arbustos deteniendo el llanto de Julieta que levanto la mirada y por primera vez miro aquel bosque siendo iluminado por la luna "tu miedo habita en tu corazón, no en este bosque, así que no tienes por qué estar asustada" dijo la voz mientras Julieta se levantaba lentamente y se secaba las lágrimas "no saber dónde estás es bobo, estas aquí" continuaba la suave voz mientras Julieta comenzaba a notar como algo parecía volar frente a ella "tus padres están bien, no hay duda de que los veras de nuevo y por último" dijo la voz haciendo una pausa en la que Julieta logro ver frente a ella una figura tan extraña como reconfortante, una figura de fantasía que por un momento le aterro y al siguiente le causo una sonrisa "pareces saludable, sin duda tendrás una larga vida" y la voz termino su discurso dejando a Julieta ver más que solo una silueta, era una personita con alas de mariposa que brillaba con la luz de la luna, vestía de hojas y pequeños algodones "¿eres un hada?" pregunto Julieta mirándola con curiosidad y al tratar de tocarla el curioso ser solo voló velozmente fuera de su alcance "¿puedes verme?" preguntó el hada volando por encima de una rama como tratando de ocultarse "si, si puedo" afirmo Julieta sonriendo y limpiándose las lágrimas "bueno, supongo que no tiene sentido ocultarme entonces" dijo la pequeña hada bajando delicadamente de su escondite, Julieta extendió su mano abierta como intentando darle un lugar para descansar pero la juguetona hada atravesó su mano y dejo escapar una risa juguetona y suave "solo puedes tocarme si así lo deseo, todos ustedes siempre tratan de hacer cosas sin nuestro permiso pero hay cosas que sencillamente no pueden hacer" dijo el hada volando alrededor de Julieta "¿ustedes?" pregunto Julieta con curiosidad pero aquella hada solo se rio y continuo volando alrededor de la pequeña jovencita "¿puedes ayudarme a regresar a mi campamento?" le pregunto Julieta recordando el predicamento en el que estaba cuando la pequeña hada le encontró o tal vez ya sabía de su predicamento y solo le faltaba valor para hablarle. Por alguna razón, Julieta sentía que la pequeña hada le tenía miedo, pero nada de eso importaba ya "que terribles modales tienen todos ustedes" dijo el hada señalando un sendero en que las piedras comenzaron a brillar alumbrando un camino recto en que los arboles parecían apartarse para que el sendero llegase a su destino, que alegría invadió a Julieta al mirar por ese sendero y ver a lo lejos las cabañas del campamento, pero entonces una duda la invadió "yo me adentre mucho en el bosque, será posible que de verdad sean las cabañas correctas" pensó y volteando a ver a esta curiosa criatura que parecía interesada pero al mismo tiempo indiferente a la situación de la joven, armándose de valor y en un suspiro logro preguntarle una última cosa antes de dar un salto de fe a través de aquel sendero "¿te volveré a ver?" pregunto temerosa Julieta y el hada sonrió sutilmente y acercándose a su oído susurro "solo si me buscas" le dijo "toma una de las piedras que ahora alumbran tu camino y sin dudas me encontraras de nuevo, pero te advierto, las hadas podemos ser muy traviesas" y con esas palabras se despidieron aquella noche en que la luna alumbraba un bosque tan bello como misterioso, Julieta tomo una de las pequeñas piedras del suelo y al llegar a su cabaña noto como la piedra había dejado de brillar en aquel sutil tono azul que le había mostrado el camino de vuelta "¿Qué pasara mañana?" se preguntaba Julieta abrazando aquella pequeña piedra como una adolescente enamorada "¿será que estoy viviendo una historia increíble? Y de ser así ¿a quién se la podre contar?" se sacudía en expectativa, deseo y euforia, no podía ni recordar aquella frustración con la que había llegado al campamento.

La siguiente noche, Julieta se escabullo de la fogata y se adentró de nuevo en el bosque, camino unos minutos antes de sacar de su bolsillo aquella piedra de color negro, la miro con detalle como esperando que comenzara a brillar pero nada "tal vez necesito estar aún más dentro del bosque" se dijo mirando a su alrededor y continuo su camino. Al paso de la noche Julieta se iba deprimiendo más y más pues la pequeña piedra no brillaba ni podía escuchar la voz de su pequeña amiga "¿traviesas?" pensaba empezando a enojarse "me engaño" se dijo "me engaño, nunca la volveré a ver" se decía mientras dentro de ella una furia crecía y crecía ¡y finalmente arrojo la piedra al suelo! Molesta, enojada y frustrada cayo de rodillas en llanto cuando entre sus lágrimas logro ver que la piedra que había arrojado se había roto y en el suelo había comenzado a brillar, y junto a este brillo todo un sendero se abrió hasta aquel claro en el que había hablado con el hada, desesperada corrió a través del mismo, las ramas de los arboles parecían abrirse al paso de su carrera hasta que por fin llego a aquel claro, donde sentada sobre una piedra estaba aquella figura de fantasía "ustedes sí que lloran mucho" dijo el hada "lloran cuando no entienden algo, lloran cuando la realidad no alcanza sus expectativas, lloran cuando culpan al mundo… lloran por demasiadas cosas por las que no vale la pena llorar" completo en un tono molesto y algo amable como una madre que trata de explicarle a su cría que la vida es más de lo que creemos que es pero menos de lo que deseáramos que fuese. Julieta se sentó junto al hada y jalando sus rodillas hasta su cara se quedó callada y tras un momento de silencio entre ambas un sonido increíble se escuchó "perdón" era la voz de Julieta desde su frustración y levantando la cara le sonrió al hada que parecía haber estado esperando esa disculpa, levanto el vuelo y colocándose frente a Julieta le dijo "con una disculpa no basta, rompiste una piedra muy especial y la única forma de redimirte es que vengas a verme todas las noches y me hables de su mundo" le dijo el hada y Julieta solo sonrió, pues ahora podría verla todas las noches sin falta, "algo sencillamente fantástico pasándome cada noche" pensó Julieto sonriendo "así lo haré" respondió al fin la joven y tomando una nueva piedra volvió a iluminar su camino hasta las cabañas.

A partir de esa noche, Julieta se escapó todas y cada una de las noches sin falta y le conto a su pequeña amiga acerca de sus padres y lo increíbles que eran, le conto acerca de la escuela, del internet, de todo y un poco más, le conto de la gente en ese campamento y curiosamente, con cada noche que pasaba, Julieta parecía avivarse más y más durante el día, cada vez más llena de vida, cada vez más alegre y compartida, sus compañeras y compañeros lo notaban también, era algo tan extraño que alguien llegara tan enojado a un campamento y a lo largo del mismo empezara a alegrarse, probablemente es lo normal, quienes somos para juzgar los campamentos de verano, lo cierto es que siempre se disfrutan, de un modo o de otro.

Llego la clausura del campamento, una noche sin luna y por tanto, sin la luz que esta emite, las piedras no brillaban sin importar cuanto lo quería Julieta, pero eso es algo que ella ya sabía, la noche anterior ya se había despedido de la pequeña hada que alegro su verano, pero seguía mirando el sendero como si esperara que se iluminara de pronto, pero nada ocurrió, pero tampoco se entristeció "volveré el siguiente año" le dijo a la oscuridad del bosque que en una ráfaga de viento que bajo por los pinos parecía susurrarle "aquí estaré".

Las canciones se cantaron, los bailes se bailaron, las palmas aplaudieron, las risas se contagiaron y al final, la fogata se apagó por fin, los niños y niñas festejaban entre ellos, los consejeros se elogiaban y elogiaban al director del campamento, hubo abrazos y despedidas, un par de lágrimas por aquí y mil promesas de volver. Por la mañana, los padres y no un camión fueron por los pequeños y poco antes de que Julieta subiera al carro con sus padres que la habían recibido con besos y abrazos y frases de lo mucho que la extrañaron, Ana le tomo la mano y ayudándole con su maleta le susurró al oído "te dije que éramos traviesas", Julieta volteo a ver a su consejera que ahora se despedía de sus padres y sobre la carretera de regreso a casa solo podía pensar en una cosa "nunca le pregunte su nombre" y entre carcajadas que sus padres no entendían pero supusieron que eran las memorias del campamento, Julieta solo expreso "es cierto, tengo terribles modales".

DECIMO CUENTO
PARA LOS RECUERDOS: LA ESPERA

Que día tan curioso fue aquel en el que me decidí a limpiar el desván de mi casa, una mañana de domingo en que el sol no se dejaba ver, decidí que era momento de limpiar aquel desorden, me levante, desayune huevos con chorizo y un jugo mientras miraba aquel show de comedia en la televisión, por la ventana podía escuchar que empezaba a llover, suspiraba, recordaba amores pasados al calor de aquel solitario desayuno y pensaba en todo lo que aún faltaba hacer a lo largo del día "que molesto" me decía al levantar los trastes mientras apagaba la tele, me bebí el jugo de golpe y aun esperaba aquella aneurisma que me cobrara la vida, pero nada, solo seguía respirando.

Subí las escaleras hacia el desván esperando caerme y morir por un golpe en la cabeza, pero nada, solo seguía caminando sin tropezar "que molesto" me dije mientras llegaba al desván, el polvo en el lugar se levantaba con fuerza sobre de las cajas y cajas que apiladas semejaban torres y castillos, podía escuchar la lluvia a solo unos metros de mí, golpeando el techo con esa constancia de soldados marchando y en ese día eran como soldados marchando sobre mis recuerdos que volaban hacia la depresión, mire un momento las cajas y cajas y el polvo que se levantaba, esperaba que algún animal salvaje que hubiese encontrado refugio en ese ático me atacara para proteger su territorio, de manera que el ataque de aquel animal me tirara por las escaleras y lograra por fin morir… pero nada, ni animales, ni tropiezo, ni aneurisma, ni nada, suspire profundamente y comencé a abrir y abrir las cajas, separando la basura de la otra basura sentimental, tratando de no mover mucho el polvo que volaba a mi alrededor "que molesto" dije mirando la cantidad de cajas que había "que molesto en verdad" me repetía.

Sacaba y sacaba cajas de las cajas que abría para sacar otras cajas, "dulce ironía" pensaba mientras las cajas más pequeñas se comenzaban a ordenar a mi lado y tomando la primera cajita para separar la basura, pensé "¿pero qué rayos he estado guardando?" que curioso momento al abrir aquella pequeña caja de cartón y encontrar mis boletas de preprimaria "desde entonces ya me calificaban…" pensé… o tal vez lo dije en voz alta, en forma de pregunta tal vez lo dije o tal vez solo lo dije, miraba los dibujos y los sueños para el futuro, fue como una charla con el niño que fui, él me decía lo enorme que era el mundo, yo le explicaba lo diminuto que en realidad se había vuelto, él me contaba de lo que sería cuando creciera, yo volteaba evitando su mirada, hablándole de que ese empleo no era todo lo que parecía ser y así hasta que el pequeño parecía tan curioso con mi situación que lo pregunto "¿estás bien?" cerré esa caja de inmediato y la apile "basura emocional" me dije y abrí la siguiente pequeña caja.

Que sorpresa me dio, ver todos los regalos que le había hecho a mi madre durante esos años de niñez; una taza vieja y gastada, una libreta con mi foto al frente, pulseras, anillos, aretes, todo tipo de cosillas "basura" pensé, mientras apartaba toda la joyería barata solo dejando a un lado la taza y aquella libreta, mire la taza con detalle, estaba carcomida en algunos lugares "basura después de todo" dije apartándola y solo quedo aquella libreta, mire la foto de un niño que yo solía ver en el espejo y al abrir la libreta me topé con mil un notas de mi madre, todas del trabajo pero no me resto sorpresa, "la uso" pensé abriendo los ojos y la aparte pensando "basura emocional" fue una corta charla con mi madre, el problema es que la charla fue acerca de su trabajo el cual nunca realmente entendí, no importaba, abrí una vieja nueva caja y me topé con los regalos para mi padre, la sorpresa en esta caja fue la cantidad de tazas que le regale, la mayoría ya inservibles por el uso, por un momento recordé a mi padre, bebiendo su café matutino en casi todas aquellas defectuosas tazas, por un momento sonreí, al recordar cuantas veces mi incapacidad de hacer una taza que soportara su café le costó en cambiarse de camisa... "mucho más de una vez" pensé sonriendo, pero jamás se molestó, solo se reía y me miraba bajo la frase "la del siguiente año será la buena" alguna vez, recordé, le cause una quemadura pues no traía más que una playera, no pude evitar reírme en la soledad de aquel día y la lluvia parecía volverse más amable con cada recuerdo, pero la misión seguía siendo clara "basura" decía al separar las tazas rotas hasta dar con una taza de una calidad asombrosa, no parecía haber sido hecha por un niño... pero lo fue "ese fue un buen año" pensé, recordando la sorpresa de mi padre al ver que no se le derramaba el café y quizás más le impresiono la leyenda escrita en la taza "siento mucho la quemadura del año pasado" volví a reírme recordando aquella taza "me preguntaba dónde estabas" le dije a la taza pero esta jamás me contesto. La aparte bajo una nueva clasificación "cosas que aun puedo usar" y continúe con otra caja, esta era mediana, "probablemente tiene muchas más cosas molestas" me dije soplando el polvo lejos de mi cara y la abrí, "cosas de mi hermana" pensé de inmediato y casi de inmediato me arrepentí de haberla abierto "me matara si sabe que abrí esta caja" dije en voz alta como tratando de que mi hermana viniera a detenerme... entonces recordé que estaba solo, comencé a sacarlo todo de aquella polvosa caja, sus boletas de primaria, sus dibujos de kínder, sus manualidades de... "y ¿Cuándo rayos hizo esto?" me preguntaba entre risas al sacar algunas de las amorfas figuras que mi hermana había hecho, no podía reírme... mucho, no estaba siquiera seguro de lo que estaba mirando, trate de recordar si quizás su forma original era genial y fue el tiempo el que cobro con intereses al material... pero no pude recordar más, que a mi hermana echándome de su cuarto cada vez que estaba trabajando y hasta cuando no estaba haciendo nada, recordé que en demasiadas ocasiones quizás fui nada más que una molestia para ella.

Suspire y la lluvia regreso a ser una marcha de soldados en mi cabeza "basura" dije mientras apartaba los deformes entes "basura emocional" pensaba al separar las boletas y dibujos de ella, mire mi reloj y de nuevo espere unos minutos, esta vez a un ataque al corazón o una embolia, pero nada, ni una aneurisma, ni una caída, ni un ataque, ni una embolia, ni nada, suspire y abrí la siguiente caja, una especie de título o certificado apremiándome por no sé qué cosa en karate, otro igual pero de natación y otros tantos en otras tantas cosas extrañas, uno que otro también pertenecían a mi hermana y recordé aquella ocasión en que un novio de ella trato de manosearla, no pude evitar reírme del pobre resultado que obtuvo "mi hermana para ese momento ya era cinta negra tercer dan" me dije sonriendo "pobre sujeto" dije entre risas y aparte aquellos certificados, títulos o lo que sean que fuesen que hayan sido en la categoría de "cosas que aun puedo usar", un reconocimiento por mi participación en algún concurso, no podía recordar tal concurso pero podía recordar a un sabelotodo en un escenario que dijo algo sobre mi hermana y estoy bastante seguro de que le pegue tan duro que mis padres tuvieron que pagar el hospital del sujeto, no pude ganar a causa de ello, el recuerdo de mi padre sonriéndome y luego susurrándome "yo hubiera hecho lo mismo" me hacia reír y luego mi madre agachándose para decirme en el tono más bajo de voz que pudo "no te preocupes, tu hiciste lo correcto, hay quienes no saben educar a sus hijos" estoy tan perfectamente seguro de que los padres del niño escucharon y ahora que lo recuerdo no puedo evitar sonreír y enojarme un poco también, sin embargo me gana la risa al recordar como aquel chico después se convirtió en mi mejor amigo "la vida es un libro increíble lleno de sorpresas" me dije y apile todo aquello en "basura emocional".

La lluvia continuaba y los recuerdos al abrir cada caja parecían más y más vívidos, cada vez sentía que esperaba menos una muerte sencillamente inusual, "quizás los recuerdos no sean tan malos" empezaba a pensar, mientras igual los apilaba en "basura emocional" y de pronto en una de las cajas, álbumes de fotos, me sorprendieron "así que aquí estaban" me dije tomando uno de los tantos álbumes y sintiendo un escalofrió recorriendo mi cuerpo al sujetarlo frente a mí, voltee en todas direcciones ahora deseando que un avión con fallas técnicas se estrellara en mi casa y me matara… pero nada, "un coche, un camión, lo que sea" pensaba volteando con desesperación, pero nada y tras un largo suspiro abrí aquel álbum de pasta blanca y acolchonada "ya nadie tiene álbumes" me dije antes de ver la primera foto.

Y ahí, frente a mí, un recuerdo que no me pertenecía, la boda de mis padres, había oído sus historias, parece que ese día mi tío dijo un brindis tan bello que mi abuela lloro… y que ese mismo día, ese mismo tío se puso tan tremenda borrachera, que lo tuvieron que cargar hasta su cama, sonreí imaginando a aquel tío que yo solo conocí de viejo en sus "años de calma" solía decir mi madre, mi abuela solía contarme que ese día ella seguía esperando que mi madre saliera corriendo en cualquier momento, no tenía nada en contra de mi padre, sencillamente ella conocía a su hija, pero a juzgar por el matrimonio de mis padres, yo diría que nunca acabas de conocer a alguien hasta que el amor le llega, me reí a carcajadas mirando las fotos de aquella boda, mis tíos y tías bailando como si no hubiera mañana, mi padre y mi madre en un estado de euforia tal, que no recuerdo haberlos visto con tal alegría jamás… quizás, solo quizás, un par de ocasiones recuerdo, el nacimiento de mi hermana, nuestras graduaciones… pero creo que de verdad la alegría de esa boda, tenía algo especial, suspire y continúe mirando aquel álbum, la luna de miel en la Riviera Maya y el regreso a casa, mis padres parecían estar inyectados con una alegría anormal y en todas estas escenas, y todas estas escenas, no estaban en mis memorias directas "que triste" pensé "que trágico es no haber estado cuando fueron más felices" me dije con un suspiro, largo profundo y sincero, me concentre un segundo en el sonido de la lluvia para hacer una pausa en mis ideas, se acabó aquel álbum, lo aparte a un lado "basura emocional" pensé con un par de lágrimas en mis ojos y abrí el siguiente.

De pasta azul fue el siguiente álbum y entonces algo capto mi atención, un bebe, pequeño, sonriente y cachetón y alrededor del niño mis padres tan felices como el día en que se casaron… tal vez más, "bueno, parece que de hecho si los vi llenos de alegría… solo no puedo recordarlos" me dije durante esa tormenta que caía sobre de mí y mire las fotos y recordé cada paso, cada salto y cada momento de emoción, era como si todo lo hecho se volviera a hacer, mire a mi hermana crecer he ir a la primaria, a la secundaria, a la preparatoria y finalmente a la universidad, me vi a mi crecer y pasar por lo mismo, tal vez un tanto más por las locuras en las que me metía, entre esas locuras estaban las fotos de las manifestaciones a las que fui de joven, casi de manera anual estaba la del 2 de Octubre sujetando una pancarta "2 de octubre no se olvida" y gritando a todo pulmón, sonreí al recordar cada paso con mis hermanos de otras madres y con cada hermosa chica que a mi lado grito, vi a mis padres envejecer y a mis tíos comenzar a irse de este mundo, pero entonces al final de todos los álbumes, descartada, fuera de tiempo y lugar, un pedazo de papel, ¡no! Una foto olvidada, la tome desde el fondo de la caja y sentándome como cuando era niño la mire, "que curiosa foto" pensé al verme de niño en un campamento, "¿Cuántos años tendría?" me pregunte mirando y escuchando los rayos caer con fuerza pero mi concentración estaba en la memoria de esa foto, limpiando la foto del polvo, note algo escrito al reverso de la misma "¡Genial verano! ¡Que se repita! – con cariño, Julieta" y fue como si algo me golpeara al mismo tiempo que el rayo que vi caer por mi ventana, "¡Julieta!" grite con fuerza "¡como la olvide!" gritaba con fuerza mirando aquella foto de dos niños abrazados y sonrientes frente a un bosque en el que jugamos tantos pero tantos veranos, reí ante aquellos recuerdos de guerras con globos de agua, captura la bandera, escondidillas, la ocasional cascarita de fucho y las largas charlas que llegue a tener con ella caída la tarde, pero que recuerdos tan gratos, logre recordar como ella solía hablar sobre aquel bosque, creo que estaba más enamorada del bosque que del campamento en sí, pero nada de eso importaba, ella fue mi primer amor y nunca la olvidaría… o al menos eso pensaba en ese tiempo, pero la vida es curiosa, ella solía decir que la tragedia existía solo en nuestras mentes, nunca la entendí del todo ni porque siempre era tan educada, pero, pero sin duda recuerdo que sentía y así como por arte de magia deje de esperar a la muerte que podría estarme acechando y solo pensé en todo el camino que me había traído hasta este ático en este día. Reuní todo lo sacado y ordenándolo lo puse en una sola caja la cual marque "cosas que aún recuerdo" y tomando mi bastón baje las escaleras "aun te falta vida por vivir" creí haber escuchado a Julieta decir, solo me reí y pasando por aquellos pasillos mire las fotos de mi esposa que en paz descanse, de mis hijos que ya tienen sus vidas, de mis primos que festejan cuando aún pueden, mire los trofeos y medallas y sentándome en aquel sillón que tiene conmigo tantos años solo pude pensar "ojala mañana amanezca, no puedo esperar a ver que lección me recordara la vida mañana" con tan solo ochenta y cinco años de edad y siendo tan solo un bisabuelo, creo que aún hay mucho que quiero recordar… de este punto en adelante y ¿por qué no?, después de todo es mi vida, que la muerte me espere. Y ahí, junto a un fuego en la chimenea que le calmaba el alma al viejo, durante aquella tormenta se quedó dormido sin esperar a la muerte… y fue entonces que paso en paz, recordando todo lo que había vivido, con aquélla alegría con lo que lo había vivido y en una simple exhalación para siempre se perdió.

ONCEAVO CUENTO
PARA LA SUERTE: **EL MERCADER DE FORTUNAS**

Érase una vez, un jovencita de nombre Samanta, ella vivía con su padre, su madre, su hermano y su perro en una pequeña aldea en las montañas. La pequeña aldea veía, oía y sentía cada estación con una fuerza casi mágica: durante el invierno se tapizaba el paisaje de blanco, con las montañas cantando con las ventiscas que bajaban y el frio les resonaba los huesos pero les unía como vecinos, como amigos, como familia; durante el otoño los vientos soplaban con el frio por venir mientras el follaje se volvía un recuerdo de la estación pasada, era el color del atardecer en las doradas hojas que caían al suelo y las historias de terror se contaban con la brisa; el verano era intenso como el sol de mediodía… durante todo el día, con cortas y esporádicas lluvias de verano que parecían llegar solo para que los niños jugaran a placer; pero la primavera, la primavera era una época inigualable, el follaje no tenía un color particular, más bien parecía tener un arcoíris entre cada arbusto, entre cada árbol, entre cada esquina, entre cada pequeña casa construida un ladrillo a la vez, clavo a la vez, una familia a la vez. Sin duda una aldea unida, sin duda una aldea bella.

Fue una tarde en aquel otoño de la infancia de Samanta, en que jugando con sus amigos en los viejos caminos tapizados de doradas hojas, la jovencita se topó con una moneda, una vieja y descartada moneda, Samanta miro la gastada moneda con curiosidad y la guardo consigo de inmediato para continuar su juego, esa noche Samanta le pregunto a su padre por la curiosa moneda con que se había encontrado, al examinar la moneda con cuidado su padre determino que la moneda pertenecía al antiguo régimen, que ahora no tenía valor alguno, que quizás la podría vender por el material, parecía estar hecha de acero, no de tan buena calidad pero acero al final. Samanta limpio y pulió la moneda hasta dejarla limpia y brillante, para ella esta moneda era especial, aunque no estaba del todo segura del porqué, solo lo sentía de ese modo, solo la miraba y estaba segura de que era valiosa, quizás no para la gente pero de algún modo para ella era valiosa, quizás era la forma en que ahora que estaba limpia, relucía, quizás era la inscripción en la moneda "Fuerte es el espíritu que me habita y sutil el sueño que me dirige" lo que fuera que fuese lo que hacía a esta moneda especial para Samanta, el hecho era que la jovencita ya no salía de casa sin su pequeño amuleto.

Con el tiempo Samanta noto un cambio en su suerte, su suerte nunca fue particularmente mala pero ahora era particularmente buena, cuando con sus amigos jugando escondidillas siempre era la última en ser encontrada, ya fuese por la distracción en un gato, un perro o cualquier otro evento aparentemente aleatorio que le permitía escabullirse, cuando jugando pelota su patada era segura y siempre anotaba o la disparaba tan lejos que le perdían de vista. Samanta empezó a considerar que tenía que ver con su pequeña amiga de acero y con mas obsesión la buscaba cada mañana, con el tiempo la pequeña Samanta empezó a tomar decisiones lanzando la moneda al aire "cara lo hago, cruz me voy" decía a su curiosa pandilla, sus amigos nunca dejaron de divertirse pues al final, lo atribuyeran a lo que lo atribuyeran, siempre se divertían con las decisiones tomadas por Samanta y su moneda, la jovencita ya no perdía apuestas, ya no perdía retos, ya no parecía perder nada, no paso mucho tiempo antes de que en la aldea le comenzaran a llamar "Samanta del volado, la niña de la suerte de acero" pues su suerte parecía constante y firme como el acero en las herramientas y herraduras.

Un año corrió por sobre de la suerte de Samanta y su moneda, su familia estaba bien, la aldea estaba bien y la joven Samanta no tenia de que quejarse, estaba feliz, contenta, quizás algo dependiente de su amiga de acero pero siempre confiable. Hasta que una mañana, en aquel otoño, su padre enfermo, los doctores decían que era del corazón, que no había mucho que hacer, que era mejor que se despidieran. Samanta no estaba lista para semejante adiós… ningún niño jamás lo está… ningún niño… ningún hombre… nadie, está listo para darle el último adiós a su padre, la única diferencia entre los niños y los adultos al momento de despedirse de su padre, es que los hombres entienden (casi siempre) su impotencia ante la muerte, pero no así los niños, ellos desafiaran el mundo de los adultos y esta impotencia de la que hablan y de ese mismo modo también Samanta desafiaba "él se recuperara ¿verdad?" decía "él se levantara pronto e ira a trabajar como siempre" repetía.

Samanta salió una mañana, tras visitar a su padre en el pequeño hospital donde ya le daban por muerto, toda su familia reunida despidiéndose y diciéndole lo mucho que lo sentían, pero Samanta estaba lejos de aceptar los hechos, lejos de dejar que su padre solo se fuese de su lado, aun cuando no podía pensar en nada que pudiera curar a su padre. Mientras caminaba por el viejo camino de la montaña, Samanta iba recordando a su padre con cada paso, recordaba cada cumpleaños, recordaba a su padre jugándole bromas a su madre, recordaba como su padre siempre parecía un niño en disfraz de adulto, recordaba sobre todo las historias para antes de dormir, historias de leones y aventureros, de príncipes y princesas, de héroes y heroínas, de gente que mantenía su esperanza en alto, que contra toda posibilidad se mantenían desafiantes hasta el final y al final, siempre triunfaban.

Samanta, lanzaba su moneda una y otra vez sentada sobre la barda que definía el rustico camino por la vereda de la montaña, mirando el cielo, las nubes siempre cambiantes, su aldea siempre la misma y pensaba y pensaba, recordaba y recordaba, finalmente comenzó a aceptar el hecho de que no podía hacer nada, cuando bajando por la vereda, una canción capto su atención, música tocada desde una flauta sonaba, en tonada alegre bajaba y junto a la feliz tonada, las ruedas de un carruaje sonaban, pronto el paso firme de los caballos se dejó escuchar y saliendo por encima de una pequeña loma, un hombre tocando la flauta. Con un par de caballos de color marrón, tirando de la carreta que estaba cubierta como si la misma fuera el hogar del viajero, de madera curiosa tenia paredes y un techo, una ventana cubierta por pieles de animales y la otra una portezuela de una madera más fina que el resto. Samanta se levantó de su letargo sujetando con fuerza su moneda, el curioso carruaje se detuvo frente a la joven y la música dejo de escucharse.

El hombre estaba cubierto en finas telas de la cabeza a los pies, su rostro permanecía oculto, pero no así su prominente barba la cual acariciaba con ese aire de anciano sabio que deja pensando, si acaso está recordando algo o solo mirándote con atención. El hombre miro fijamente a Samanta por un rato mientras apartaba su brillante flauta de plata "¿estás bien jovencita?, pareces cabizbaja" dijo el hombre acercándose a la orilla de su asiento "mi padre está muriendo y no hay nada que pueda hacer para ayudarle" respondió Samanta agachando su cabeza "ya veo, ya veo" dijo el viejo asintiendo con su cabeza y acariciando su barba "uhm, ¿qué estarías dispuesta a dar a cambio de la salud de tu padre?" le pregunto el viejo viajero que sonreía por debajo de su larga y basta barba "daría lo que fuera… pero solo poseo mi moneda de la suerte" dijo Samanta mostrándole al viejo su amuleto, el viejo se inclinó para ver mejor el artículo en cuestión "pero no importa, los doctores dicen que no hay nada más que hacer" dijo en angustia y con su pecho contrayéndose con fuerza, el viejo amarro las riendas de sus caballos y pronto paso a la parte de atrás de su curiosa carreta, a la mitad de la misma la portezuela se abrió de golpe y sacando su cabeza de sus intricadas ropas el viejo volteo buscando a Samanta "¡ven aquí jovencita!" grito apresurado el curioso hombre, su rostro era normal, un hombre de piel oscura con ojos verdes como el bosque y sin rastro de cabello en su cabeza, como si todo su cabello se hubiera mudado a su barba.

Finalmente Samanta, se acercó a la portezuela mirando al extraño hombre que le sonreía con brillantes dientes blancos y una sonrisa tan sincera, que Samanta se sentía sencillamente atraída al extraño "¡mi nombre no es importante!" exclamo desde su carruaje "¡mi profesión lo es!" continuo con entonación dramática y casi cómica "soy el mercader de fortunas, cuyo nombre no se dice, cambio e intercambio suertes de quienes suerte necesitan o demasiada tienen" continuo el hombre exclamando con enjundia y alegría "puedo cambiar sin duda, la suerte que a tu padre azota y por el correcto precio suerte duradera también" dijo el hombre guiñándole un ojo a la joven Samanta que reía por la curiosa actuación "como dije antes, no tengo más que esta vieja moneda que nada vale hoy en día" replico entre risas Samanta "¡aaahhh! Ahí veo claro que no sabes escuchar jovencita, yo no trabajo ni intercambio bienes materiales, yo intercambio algo intangible y poco usual, mi mercado es la suerte y que suerte la tuya al venir conmigo a parar" grito con fuerza y jubilo el hombre desde la pequeña portezuela, la joven Samanta se reía y mirando por un momento de seriedad su moneda pareció entender lo que seguía "a cambio de mi moneda, ¿tu salvaras a mi padre?" pregunto la jovencita no del todo convencida "no, no, no, no a cambio de tu moneda, sino de lo que tras ella esta, cuando un objeto maltratado" comenzó a explicar "es de pronto retomando, limpiado, cuidado y a veces hasta amado, este en deuda se siente, pero estando inanimado ¿qué es lo que puede hacer? Y he ahí la maravilla de la suerte al funcionar, al tu cambiar su suerte, él la tuya cambiara" explico en tono vivo, en tono fuerte, en un tono casi de actor representando su mejor obra.

Samanta miro su moneda y luego su mirada levanto al extraño hombre que le extendía su mano con una sonrisa "¿y cómo lo hacemos? ¿Cómo le doy mi suerte a mi padre?" pregunto la jovencita y el hombre pareció festejar, muy por dentro de sus ojos un baile se dejaba notar "pues muy sencillo" dijo el hombre tomando con gentileza la moneda de Samanta "paso primero: el objeto por decreto debe entender su lugar, que si bien su suerte es tuya ahora tú la quieres para alguien más" continuo, colocando la moneda en el borde de la ventana, que frente a Samanta iba a dar "paso segundo: muy importante, el objeto se debe lavar, en agua bendita de la más limpia, para la deuda pasada poder olvidar" decía el hombre derramando agua sobre la moneda en tal ritmo que parecía cantar y entre risas de Samanta el hombre continuo su ritual "paso tercero: no el más cuerdo, pero importante igual, la nueva y limpia suerte embolsar" recito el hombro colocando la moneda en una pequeña bolsa color roja y amarrándola con fuerza "¡y listo! Tenemos suerte para llevar, bajo de la almohada de tu padre en el hospital, esta bolsa pondrás, no la abras por ningún motivo y hasta que se recupere, bajo de su almohada el rojizo paquete siempre debe estar, oh, pero recuerda, la suerte que se da, se acaba, se va" le dijo el hombre entregándole la pequeña bolsa a

Samanta "pero ¿y tú parte?" pregunto la joven Samanta confundida por el precio pero el hombre solo rio "y de nuevo se demuestra, que usted señorita, no sabe escuchar, recuerde lo que le dije y vera que mi parte ya me llevo" dijo el hombre cerrando la fina ventana y saliendo de nuevo por las riendas de sus caballos, tomando de nuevo su flauta y dejando su música sonar, los caballos tomaron de nuevo trote fijo "¿Cómo conduce su carruaje si usa sus manos para tocar?" pregunto en un último grito la joven Samanta y solo la risa del hombre se escuchó seguida de una frase curiosa en respuesta "¡yo no manejo este carro, solo me muevo con él!".

Samanta corrió por los prados, a través de los sembradíos, cruzando las angostas y empedradas calles hasta llegar al hospital, emocionada con su pequeña bolsa roja llena de suerte para dar. Se sentó junto a su padre y le hablo de su encuentro mientras el dormía, le mostro la suerte que había conseguido aunque los ojos de su padre no se abrían y cuando la pequeña Samanta estaba por poner la suerte bajo la almohada de su padre un llanto volteo su atención, él compañero de cuarto de su padre, un pequeño niño no más grande que Samanta en edad, la familia le lloraba mientras el doctor con un sutil movimiento de cabeza negaba, había pesar a todo su alrededor, había dolor por doquier, Samanta miro a su padre que aun dormía en paz y comenzó a llorar "no es justo, esta suerte debería ser tuya, eres mi padre" le reclamaba enojada a su durmiente padre. En la cabeza de Samanta había una constante mortal, los cuentos de su padre, los héroes hacían siempre lo correcto y en algunos cuentos, lo correcto no siempre era lo que los héroes querían, Samanta casi podía escuchar la voz de su padre dentro de ella diciéndole "yo he tenido una buena vida, completa y alegre, me educo un gran hombre y una estupenda mujer, conocí a tu madre a su tiempo y finalmente mi suerte fue la mejor al llegar tú y tu hermano a mi vida, por otro lado, el joven en la otra cama… tiene tanto por que vivir" Samanta lloraba molesta pero ella sabía mejor que nadie lo que debía hacer.

Finalmente la familia del joven se retiraba entre lágrimas, Samanta se levantó y miro al joven que aun tosía, parecía no poder abrir los ojos y era claro el dolor en el que se encontraba "todo estará bien" le dijo Samanta colocando con cuidado su amuleto bajo la almohada del joven, no sabía Samanta si funcionaria, no sabía si de hecho algo pasaría, pero creía fervientemente en el hombre de los ojos verdes que le había sonreído.

Los días pasaron y pasaron y todos los días, Samanta revisaba que el amuleto siguiera en su lugar, finalmente un día, en una de sus visitas al hospital, Samanta pudo escuchar a la familia del joven gritando de alegría "¡está curado!" gritaban "¡es un milagro!" repetían, Samanta entro corriendo para ver al joven de pie y andando riendo y aplaudiendo, la familia se lo llevaba por fin de aquel deprimente lugar, el doctor aun no podía entender que había pasado pero no podía estar más feliz del resultado. Al salir la familia la enfermera comenzó a cambiar las sabanas de la cama del joven, Samanta se apresuró para distraer a la enfermera tan solo un momento para su amuleto sacar "aún hay suerte para mi padre también" pensaba alegremente Samanta, pero al sacar el amuleto… dentro ya no se sentía nada, era una bolsa vacía, la curación del niño que Samanta no conocía había tomado toda la suerte que tenía, Samanta se sentó junto a su padre sujetando la bolsa vacía y llorando le pedía perdón, la familia de Samanta llego y miro a la joven llorando junto a su padre, creyeron que todo estaba dicho y hecho cuando algo sorprendente paso, la mano del padre se levantó y acaricio el cabello de la niña, su llanto se silenció mientras su padre se sentaba abriendo los ojos sin entender muy bien lo que había pasado, los doctores entraron sorprendidos y la familia se acercó al milagro que frente a ellos pasaba, los doctores se acercan tomando notas del suceso aun sin poderlo creer.

Samanta conto su historia, les hablo a todos del mercader de fortunas pero explico mostrando la vacía bolsa que ya no había más suerte para ellos y eso ella no lo entendía. Pero su padre sonrió "si el recoger un gastado objeto y darle toda tu atención, darle al objeto lo que todo lo que tú puedas darle, genera suerte para ti, cuanta suerte generara, el ayudar a una persona en necesidad y más aún, ¿cuánta suerte generara el ayudar a un extraño Samanta?" Samanta de pronto entendió al mercader, sus palabras no eran enigmas o acertijos, era la verdad puesta en escena, era la verdad y nada más. Samanta y su familia tuvieron suerte siempre, como la aldea que habitaban, que sentía las temporadas con una fuerza casi mágica y belleza sin igual y que fortuna fue siempre ver aquel valle de temporada cambiar.

"La suerte va no a quien la busca o a quien la procura, la suerte es de aquellos que ayudan y esa… esa es una fortuna"

El mercader de fortunas

DOCEAVO CUENTO
PARA LA LEYENDA: CATRINA

En las empedradas calles del México colonial, en un pequeño poblado un tanto al oeste de lo prehispánico y al este de la corona española, yacía una familia de clase, de clase, porte y todo aquello que con lo noble va. Padre, Madre, dos hijas, dos hijos, tres perros, y a los abuelos que de algún modo habían sobrevivido a los ya tantos nacimientos.

Las nanas de los niños les solían contar leyendas mayas, leyendas otomíes, de todas las civilizaciones un pequeño sazón, pues las nanas, de cada civilización una onza de sangre cargaban y aunque el señor de la casa no lo admitiera, el mismo también media onza cargaba, quizás un poco menos, quizás un poco más, pero sin duda en sus ojos aquella parte de onza se hacía notar. La noble familia era dueña de una casa que era más un castillo por la basta extensión de la misma, la servidumbre iba de aquí para allá en un continuo ritual matutino, vespertino y nocturno: por las mañanas a la noble familia levantar, mientras se limpiaban, baños, cocina, jardín y habitaciones, seguido del desayuno que no se podía retrasar, al caer la tarde era jugar con los niños, recoger y limpiar el desayuno, tender camas, preparar lecturas y comenzar a preparar la comida, por las noches era lavar lo de la comida, atender al señor que llegaba del trabajo, ver que a los niños no les faltara nada y atender a la señora, por fin se preparaba la cena, se llamaba a cenar, se servía la cena, se recogía y lavaba todo, se arropaba a los críos y finalmente el momento que los pequeños más esperaban, su cuento para dormir "la leyenda de Quetzalcoatl" "el llanto de Tlaloc" "el llamado de Mictlantecutli" entre otros cuentos, cuentos de nahuales que vestían las pieles de las bestias y en bestias se convertían, nahuales que silbaban y aves conjuraban, cuentos de como las montañas se habían vuelto montañas, de cómo Popocatépetl esperaba por el despertar de su princesa Iztaccihuatl y por siempre la protegería. Mil y un cuentos les habían contado a los jovencitos y mil y un cuentos aún les quedaban, de un tiempo rico en leyendas, mitos y cuentos que se cuentan para a los jóvenes dormir y que grandes aventuras tengan en dichos sueños que soñaran.

La familia sonreía con su habitual rutina, su servidumbre la mantenía así, hasta un fatídico día en que el cielo de tormenta se acento sobre la noble casa. Los abuelos enfermaron, los niños enfermaron, los perros enfermaron y finalmente el padre también enfermo, la única saludable era la madre que por nombre llevaba Catrina. La señora se pasaba por las camas de sus hijos, por las camas de sus suegros, por las camas de sus perros y finalmente por la cama de su esposo, esperando el día en que mejoraran, esperando repentinamente escuchar las risas de sus hijos o las quejas de sus suegros pero lo que más añoraba era la voz de su esposo que yacía pálido en la cama sin seña de pronta mejora. Los doctores iban y los doctores se iban, todos con caras largas sin entender lo que pasaba, porque la servidumbre no enfermaba, porque la esposa tampoco, en un momento hasta las autoridades pensaron que la esposa y la servidumbre estaban envenenando a la familia… pero tras la investigación, las autoridades estaban tan confundidas como los doctores que salían y de igual forma que los doctores solo tenían una frase para la herida esposa "sentimos mucho su situación" decían y se iban pensando que esa familia ya tenía un lugar en el cementerio.

Un día, cuando la señora Catrina en el jardín lloraba, una hermosa chica de nombre Xochil; parte de su servidumbre, de morena piel, negros ojos y bellísimo cabello, se sentó a su lado "las señoras y yo hemos estado hablando señora Catrina" le dijo con gentileza en su voz pero Catrina vagamente escuchaba "creemos que es momento de que la funeraria venga a tomar medidas... de la familia" le dijo la dulce chica con una voz que se quebraba al hablar, Catrina levanto la mirada y seco sus lágrimas brevemente "¿Qué es lo que está pasando, Xochil?" le pregunto mirándola directo a los ojos, la joven Xochil tomo las manos de la afligida dama y con una sonrisa que forzaba dentro las lágrimas le dijo "no somos quienes para cuestionar al que nos llama cuando nos llama, pero sepa que la muerte no es el final" y soltando las manos de la señora regreso a sus labores. Catrina paseaba por los jardines, trataba a toda costa de no entrar en la casa pues la toz que se escuchaba como un eco por todo el lugar le recordaba la negra nube que yacía sobre de su hogar. La señora Catrina no se dejó vencer, tras los doctores llamo a los curanderos, tras los curanderos, a los padres y cuando las bendiciones fracasaron finalmente, bajo consejo de la joven Xochil, un chamán fue llamado, de cara larga, cubierto de pieles y plumas de pies a cabeza, de mirada profunda y algo temible. Por fin, el chamán llamo a juntar a la familia en un solo cuarto, las camas fueron arrastradas y la servidumbre cansada se sentó a mirar junto a Catrina el ritual que empezaba, el chamán encendió incienso, espero a que el humo espesará y comenzó un canto en náhuatl "¿que está diciendo, Xochil?" le pregunto Catrina a la joven que miraba con una parte de terror y dos de admiración "está llamando al señor del Mictlan" dijo Xochil sosteniendo con miedo la mano de Catrina que a través del incienso ya casi no distinguía nada más que las palabras que el chamán casi estaba gritando "¿qué está pasando?" pregunto Catrina mientras una ráfaga de viento frio y helado cruzaba el cuarto, la servidumbre salió del cuarto corriendo en terror, todos menos Xochil y Catrina que tomadas de la mano lograron ver cuando el incienso se despejo al chamán moviendo su cabeza de un lado a otro. Pasaron a la mesa del comedor que llevaba tiempo sin usarse, el chamán bebía de exquisito café de Xochil y Catrina ya no tenía lagrimas que llorar, sus ojos ya le dolían por el llanto y todo su ser estaba agotado "mi señora" dijo el chamán con aquella voz rasposa "quiero que sepa que nunca fue tarde, lo que a su familia vino a buscar fue el destino y no hay nada más que hacer por ello, aunque a veces Mictlantecutli está dispuesto a hacer tratos, no fue así esta vez, por las razones que sean, las almas de su familia son importantes... quiero que sepa que el lugar al que irán está lleno de paz" y con esas palabras el viejo chamán se despidió. La casa quedo en silencio y una tranquila tarde de agosto se realizó un funeral, el más grande que se había visto en tiempos de paz; se enterró a un padre con sus dos hijos, con sus dos hijas, con su anciana madre, con su anciano padre, sus perros fueron enterrados en su jardín, pero jamás nadie en el pueblo había visto un funeral tan grande.

Después del suceso, la casa se vacío, no había familia a la cual atender más que a la señora, en el pueblo se llegó a hablar de una maldición colgando sobre de la viuda Catrina, que su criada Xochil había puesto sobre su familia, sin embargo en la casa, solo Xochil y Catrina quedaban. Catrina ya no lloraba, ya no le quedaban lágrimas y Xochil no lloraba por la fortaleza que trataba de transmitirle a su señora, a donde iba la señora, iba Xochil, ya no se separaban. Entonces una tranquila noche de Octubre, a la señora Catrina una frase se le escapo "como quisiera verlos de nuevo, aunque fuera solo una vez más" entre suspiros Xochil le escucho. Al poco tiempo Xochil le llevo al cuarto donde el chamán había conjurado al señor del mundo de los muertos "no los puedo traer de vuelta, pero tal vez pueda lograr que los vea de nuevo" le dijo la morena joven con su sonrisa forzada y la señora parecía bailar del encanto aun cuando en su rostro parecía hondar la muerte misma. El incienso fue encendido "los podre ver de nuevo" decía Catrina con un rostro tan pálido que el hueso se hacía notar, Xochil repetía las palabras tal cual el chamán lo había hecho y más pronto que temprano aquel aire frio regreso al cuarto "¿Qué se desea de mi pequeña mortal?" dijo una voz profunda y aterradora, Catrina se puso de pie de inmediato, no podía creer la voz que oía "¡déjame ver a mi familia!" grito la afectada mujer sin darse cuenta de que la joven Xochi parecía atrapada en un profundo trance, inconsciente a lo que ocurría "¡oh! Catrina, la hermosa Catrina" dijo la voz con especial atención "¿me conoces?" pregunto Catrina "todo lo que vive morirá a su debido tiempo, por tanto a todos conozco por su muerte, si te conozco y a tu familia también" explico la voz con calma "¿¡porque te los llevaste!?" reclamo Catrina con furia "porque así debe de ser, todo en orden y todo de acuerdo al plan" respondió la voz "¡me dejaras verlos cuando menos!" grito Catrina con nuevas lagrimas llorando pero solo silencio se escuchó "¡lo que desees de mi te daré, solo déjame verlos!" grito Catrina mientras la joven Xochi la conciencia comenzó a recuperar "¿lo que sea?" pregunto la voz como si riéndose estuviera, la morena joven se levantó solo a tiempo para ver a su señora, cerrar el más inusual de los tratos "¡lo que sea!" grito con fuerza Catrina "pues está hecho" dijo la voz y frente a Xochil, la señora Catrina desapareció, el incienso se apagó, el viento dejo de soplar, la luz misma pareció dejar de brillar.

Xochil descansaba en su cama, aun acosada en sueños por el evento al que llevo a su señora, para Xochil Catrina siempre fue más que su jefa, para la joven y hermosa Xochil, Catrina era su madre. Octubre terminaba y las ofrendas se colocaban, los cementerios de colores se llenaban, pero Xochil no era capaz de juntar fuerza suficiente para siquiera levantarse de su cama, ya no era tan hermosa tras haber perdido tanto peso y el bello color chocolate en su piel se tornaba en la pálida sombra del evento que le perseguía sin cesar. La noche del primero de noviembre llego "¡Día de los muertos!" se gritaba en festejo y las calles se llenaban con las estrellas tintineando en el cielo, pero Xochil solo se arropaba de nuevo en su cama "Xochil" una suave voz dijo "Xochil" la misma voz repetía y la joven pego un salto "¡¿señora Catrina?!" grito volteando aquí volteando allá, pero nada había aquí y nada había allá "Xochil" continuo la suave voz desde afuera de la pequeña casa de Xochil y Xochil salió corriendo en búsqueda de Catrina, pero nada, se detuvo un momento a ver el cielo brillar a la gente festejar y de pronto junto a ella, en uno de los hermosos vestidos que la noble señora solía usar estaba Catrina, sonriente y saludable como no le había visto en mucho tiempo "¡señora Catrina!" exclamó casi llorando "¿dónde ha estado?" preguntó también de inmediato, pero poniendo su dedo índice sobre los labios de Xochil, Catrina solo dejo escapar un sonido de su boca "sshh" y antes de darse cuenta estaban volando sobre el pueblo "¿recuerdas el trato que hice?" le pregunto Catrina "¿Cómo recordarlo si nunca lo escuche?" reclamo algo molesta la joven "yo vería a mi familia si a sus servicios me ponía" dijo Catrina sonriente y al voltear al cielo, Xochil se dio cuenta de que no estaban solos, como Catrina había otros, parecían prepararse para algo desde el cielo "este será mi primer año, ojala l haga bien" dijo Catrina sonriente, Xochil no podía entender de que estaba hablando ni lo que estaba por pasar, entonces detrás de Catrina una puerta en el cielo apareció, con gentileza Catrina la puerta abrió, la sorpresa para Xochil, corriendo salieron niños, gritando pateando y festejando, detrás de los demás que como Catrina flotaban, lo mismo sucedía, pero a otros poblados se iban, dirigidos por el ente que la puerta había abierto, entonces Catrina sujetando fuerte la mano de Xochil al frente de los niños se puso y volteando a ver a Xochil una sonrisa le dio y con voz gentil le dijo "es mi deber escoltarlos esta noche y llevarlos de vuelta también, el señor del Mictlan duerme, solo dos días cada año y todos los que su trato tomamos, desde los más antiguos tiempos, aprovechamos, para a los muertos darles calma al mundo de los vivos en estos días escoltamos" Xochil solo sonreía y a Catrina abrazaba, a los niños escolto aquella noche y de regreso por aquella puerta los regreso "aunque los vivos no puedan verles, a los muertos calma ver que sus seres queridos, sus vidas pueden seguir, no podrían descansar si sus seres queridos ya no quisieran vivir, los muertos necesitan calma, como los vivos necesitan vivir" entre los niños de esa noche, Xochil pudo reconocer a dos jóvenes y dos jovencitas que a su lado pasaron la noche, verles produjo en Xochil una sonrisa sin igual.

La noche llego a su final cuando el último de los niños la puerta atravesó, Catrina cerró la puerta detrás de él y a Xochil miro con cariño "es bueno saber que está bien señora Catrina" dijo Xochil sonriendo de nuevo pero no por fortaleza, esta sonrisa era sincera y venía desde el fondo de su corazón, pero Catrina parecía extrañamente triste, entonces frente a Xochil la piel de Catrina desapareció, solo una calavera quedo, sonriente siempre vestida de gala, Xochil no se espantó, ella sabía lo que venía, lo sabía desde que su voz escucho "lléveme con su familia señora Catrina" dijo Xochil sonriente "Catrina… simplemente Catrina mi niña" respondió la calavera y abriendo una nueva puerta, a la morena joven guio.

Xochil fue enterrada aquel dos de noviembre, dicen que murió dormida, que no sintió dolor alguno, le encontraron en su pequeña casa, pálida y desnutrida, pero en su rostro yacía, una sonrisa tranquila, se cuenta que Catrina viene y se va, que escolta a los muertos con los vivos por dos días nada más y a los que mueren los guía, viene, te sonríe y a veces hasta con ella puedes llegar a bailar. En las noches de día de muertos cuando la luna brilla más, busca en los cementerios o en las calles de festival, a la más galante mujer, cuya sonrisa no baje y siempre quiera bailar, mas no pases con ella toda la noche o te puede llevar o quizás era su meta o quizás solo quiera jugar, ¿qué se puede hacer? cuando la muerte sencillamente, parece querer jugar.

Printed in the United States
By Bookmasters